DOLORE E AZIONE

ETTORE REGÀLIA

Texte et illustration de couverture : © domaine public
Edition : Culturea (Hérault, 34)
Contact : infos@culturea.fr
Retrouvez notre catalogue sur http://culturea.fr
Imprimé en Allemagne par Books on Demand
Design typographique : Derek Murphy
Layout : Reedsy (https://reedsy.com/)

Dépôt légal : janvier 2023

ISBN : 9791041845453

I

Non «origine» ma una legge

negletta dei fenomeni psichici.

Lettera al prof. Enrico Morselli direttore della «Rivista di Filosofia Scientifica».

Firenze, 20 marzo.

Mio caro Morselli,

Tu mi chiedevi un articolo per la tua Rivista, invitandomi ad esporre alcune mie idee sulla psicologia, e particolarmente una certa legge (tu la chiamavi così) psicologica, intorno alle quali più di una volta ti ho detto qualche cosa. Mi domandavi ancora quali obbiezioni io faccia alla teoria del Prof. Sergi circa «l'Origine dei fenomeni psichici», di che nell'opera che ha questo titolo.

L'invito mi aveva lusingato. Mi aveva anche attratto il pensiero di vedere una volta finalmente riuniti e formulati, ancorchè brevemente, quei miei pensieri, e particolarmente quella tal legge, che finora non hanno mai ricevuto per intero un'espressione dalla mia penna, sebbene da molti anni le abbia, conversando, espresse con molte persone. Però questo assunto, che per me sarebbe stato arduo in qualunque condizione e modo, ora è divenuto in parte d'impossibile esecuzione per alcune particolari ed imprevedute circostanze. Ti esporrò tuttavia alcune mie idee, e senza provarle, rimettendo le prove ad una futura pubblicazione, in parte già preparata.

Comincio dal dirti qualcuna delle ragioni, che da tempo avevo scritte e per le quali non posso accogliere in benchè minima parte il concetto del Sergi circa «l'origine dei fenomeni psichici». Te ne dirò due sole, le principali. La concezione del Sergi implica, a parer mio, due errori, che possono venire formulati così: il tal fatto è la causa della propria causa; il tal fatto, allo scopo di por fine alla propria esistenza, si è dato l'esistenza.

Il Sergi esprime in breve e molto chiaramente, quanto alla sostanza, il suo concetto alla pag. 59 con queste linee: «Poichè dalla sensibilità di relazione comincia la vita psichica, noi decisamente affermiamo che la psiche, o le funzioni psichiche non hanno altra origine o altro carattere primitivo, che la funzione di protezione, e precisamente come il tubo intestinale ha il carattere e le funzioni che riferiscono alla nutrizione: una pura e semplice funzione vitale e non altro».

Vediamo se e quanto il paragone usato dal Sergi giovi alla sua tesi, che la psiche, cioè il complesso dei fenomeni psichici, è una «funzione vitale». I fenomeni, siano dell'una o dell'altra delle due sole sorta che esistano, meccanici o psichici, si succedono nel tempo. Occupiamoci dunque di vedere se in quanto a questa successione tutto sia in regola. Il «tubo intestinale» è un apparato che serve alla «nutrizione» in quanto questa produce, ossia ha per conseguente, il «tubo», o in quanto il «tubo» produce la «nutrizione»? Evidentemente la proposizione vera è la seconda, non potendo darsi digestioni fatte dall'intestino senza un intestino. Dunque in tanto «il tubo intestinale ha il carattere e le funzioni che riferiscono alla nutrizione», in quanto esso è antecedente e la «nutrizione» è conseguente.

E ora, circa le «funzioni psichiche», l'A. ci dice, che esse «non hanno altra origine o altro carattere primitivo, che la funzione di protezione». Perchè l'accordo col «tubo intestinale» fosse stato intero, l'A. avrebbe dovuto dire: Le funzioni psichiche hanno il carattere e le funzioni che riferiscono alla funzione di protezione. In ciò ch'egli ha detto, vi ha, invece, una sola concordanza unita a due discordanze. La concordanza sta nell'aver detto «carattere», le discordanze stanno nell'avere ommesso le «funzioni» e nell'aver detto «origine». Supponiamo ed accordiamo però che «funzioni» sia sinonimo di «carattere» e che perciò l'ommissione di «funzioni» non noccia al paragone, e poi esaminiamo ciò che l'A. ci dà, ossia «origine» e «carattere». Avere il «carattere» significherà avere per conseguente, giacchè il «tubo intestinale» ha per conseguenti le digestioni che esso fa. Concediamo quindi che le «funzioni psichiche» abbiano per conseguente la «funzione di protezione». Ma l'A. dice inoltre «origine», e precisamente; «le funzioni psichiche non hanno altra origine... che la funzione di protezione». Siccome «origine» = causa = antecedente, se ci serviamo di termini proprii e chiari in luogo di quelli usati dall'A., la principale sua proposizione su citata viene ad essere questa: «Le funzioni psichiche non hanno altro antecedente («origine») o altro conseguente («caratteri») che la funzione di protezione. E qui vi ha assoluta opposizione col caso del «tubo intestinale», perchè riguardo a questo l'A. non ha nominato l'«origine», e pour cause. Invero come avrebbe potuto dire: Il tubo intestinale non ha altri antecedenti o conseguenti che le digestioni da esso fatte? Ciò sarebbe peggio che dire: Filippo non ha altro padre o figlio che Alessandro!

È poi perfino inutile l'osservare, che qualunque altra «funzione» organica, in luogo di quella della «nutrizione», si scegliesse per fare il paragone colla «psiche», l'errore logico e quello di fatto rimarrebbero immutati. Giacchè il qualunque apparato organico non potrebbe avere fuorchè per conseguenti i fenomeni costituenti la sua «funzione», ogni apparato essendo causa o condizione, cioè antecedente, di detti fenomeni.

Riguardo alle «funzioni psichiche», invece, l'A. ha affermato, con quella breve e nuda vocale «o», che antecedente = conseguente. La difficoltà dunque da schiarire circa la «semplice funzione vitale», come egli qualifica la «psiche», è semplicemente questa: Come la protezione possa preesistere alla psiche, se è vero che viene dopo, e come possa venir dopo, se è vero che preesiste.

Posto che «le cause finali dei filosofi» siano, come il Sergi ammette, «abbastanza assurde e incoerenti» (p. 55), si può osservare che il suo concetto sembra meritare ancora più un tale rimprovero. Ecco perchè. È sempre stato inteso che le cause finali sono cause, ma di un genere speciale, e cioè non in quanto sono, obbiettivamente, conseguenti. Era troppo chiaro infatti che, se B è causa finale di A, esso è, obbiettivamente, un risultato, un conseguente di A, un fatto che non esiste ancora quando A già esiste. Quindi A non può avere per causa vera il fatto B, essendo assurdo che ciò che esiste tragga origine da ciò che non esiste. Quindi si è sempre ammesso che A abbia per causa vera un terzo fatto e necessariamente anteriore ad A. Questo fatto è stato inteso, più o meno esplicitamente, come idea o pensiero quando della Divinità, quando della Natura o d'altro. Tali, in sostanza, sono state fin qui le concezioni teleologiche. A, destinato a produrre B, era perciò appunto effetto di un pensiero: il pensiero preesisteva ad A come A a B.

L'errore di queste ipotesi sta nel pretendere che B (ossia la conservazione dell'uomo e degli organismi in genere) dia ragione di A, mentre, avendo A effetti anche assolutamente opposti a B, si dovrebbe in buona logica concluderne, che tanto B quanto il suo contrario siano stati contemporaneamente scopo o ragione di A. Ma almeno l'errore principale e più evidente delle concezioni teleologiche passate può dirsi essere questo solo. Il Sergi invece non soltanto si è appropriato questo errore, ripetendolo, ma ve n'ha aggiunto di suo un altro assai maggiore. Egli pretende, come tutti gli altri teleologi, che la conservazione (alla quale ha soltanto mutato il nome, chiamandola «protezione») renda ragione dei fenomeni «psichici» per essere il risultato di questi. Con ciò ha semplicemente ripetuto il vecchio errore, potendoglisi opporre, che i fenomeni psichici hanno per risultato non soltanto la «protezione» ma anche, e ad ogni momento ed in un grandissimo numero di casi, dei danni e la morte degli animali. Di modo che se un fatto, solo per essere un risultato dei fenomeni psichici, deve essere la ragione di questi, bisogna concludere che non soltanto la «protezione» ma anche la distruzione dei viventi è lo scopo o la ragione dei fenomeni psichici.

L'errore poi veramente proprio del Sergi è quest'altro, che non è stato rilevato dai due soli scrittori, a mia conoscenza, i quali hanno dato un giudizio sull'opera del Sergi, ossia il Caporali nelle sua «Nuova Scienza» e Fr. Paulhan nella «Revue Philosophique»: per lo meno non ricordo e non mi pare che sia stato rilevato nemmeno dal Caporali, sebbene questi abbia fatto dell'opera in parola un'estesa e profonda critica. Il Sergi, avendo qualificato tutte le religioni come fenomeni «patologici» (perchè e che cosa spiega la parola «patologici»?), e come «assurde e incoerenti» le cause finali, si è ben guardato dal dare come causa dei fenomeni psichici» un disegno o pensiero, o fatto intellettuale, insomma, di Dio, della Natura o d'altro, sebbene non abbia potuto esimersi dal chiamare i fenomeni psichici «mezzi di protezione» e la protezione uno «scopo complesso» (il che rivela immediatamente l'indole teleologica del suo concetto). Egli dunque non ha messo in rapporto coi «fenomeni psichici» niente altro fuorchè la «protezione», ed ha speso la grandissima parte del suo libro nel riportare fatti, che dimostrano, a parer suo, avere i «fenomeni psichici» per risultato, ossia conseguente la «protezione». Che cosa ne segue? Che non avendo assegnato come causa od «origine» dei «fenomeni psichici» un terzo fatto ad essi anteriore, è stato costretto ad affermare come causa od «origine» loro quello stesso fatto, la «protezione», che egli ha voluto provare, con quasi tutto il libro, essere tutt'altra cosa, cioè un effetto, un conseguente, dei detti fenomeni. Quindi «tutto il volume è stato scritto per dimostrare» (parole della «Conclusione») questo «principio», in sostanza: I fenomeni psichici hanno per causa la protezione, perchè la protezione ha per causa i fenomeni psichici. Il Sergi ha così affermato, che un fatto (la «protezione») è la causa della propria causa (i «fenomeni psichici»); che ciò che esiste (i «fenomeni psichici») ha «origini» da ciò che non esiste (la «protezione» che è un loro effetto e perciò successiva a loro); che insomma Filippo è nato di Alessandro, perchè Alessandro nasce di Filippo.

Ripeto con altre parole. Se si tratta di causa nel vero senso, secondo l'intenzione del Sergi (che ha rigettato le «cause finali»), ossia di antecedente, e si hanno i due termini: 1° «fenomeni psichici» e 2° «protezione» è chiaro che in qualunque dei due modi possibili di successione essi vengano posti, non potrà mai darsi che il conseguente, oltre all'esser tale, sia anche «origine», cioè causa, cioè antecedente, del suo antecedente, essendo ciò nè più nè meno che contraddittorio. L'A. ha speso la grandissima parte delle sue pagine a dimostrare, che l'ordine di successione è: 1° fenomeni psichici, 2° protezione, perchè i fenomeni psichici (causa) sono seguiti dalla protezione degli esseri senzienti (effetto). Vero o falso che questo sia, di che cosa è con ciò affermata l'«origine»? Evidentemente, e sfido a provare il contrario, con ciò è affermata l'«origine» della protezione. Ma lo scopo proposto all'intera opera non era già quello d'indicare l'«origine» della protezione; era invece quello d'indicare «l'origine dei fenomeni psichici», perchè, non fosse altro, queste parole formano il titolo dell'opera. Dunque, allorchè l'A. per raggiungere lo scopo di «tutto il volume», asserisce, come nel passo su citato della p. 59, che «le funzioni psichiche non hanno altra origine... che la funzione di protezione», inverte l'ordine di successione dei due termini, perchè dice: 1° protezione, 2° fenomeni psichici. Ora, come ho detto, essendo la «protezione» affermata contemporaneamente in quasi tutta l'opera, un effetto dei «fenomeni psichici», l'A. viene ad affermare, che il conseguente è l'antecedente dell'antecedente, come per esempio Marco è figlio di Tizio, perchè Tizio è figlio di Marco.

Passiamo al secondo degli errori contenuti, secondo me, nel concetto dell'egregio psicologo, e da me formulato in principio.

Nella «Conclusione» della sua opera il Prof. Sergi, riassumendo, formula in brevi e chiari termini il suo pensiero col dire: «Ambiente fisico ed ambiente animato sono tutti e due cause di bene e di male a tutta l'esistenza animata; nel corso della evoluzione, quindi, i mezzi di protezione han dovuto nascere e svolgersi, come han dovuto variare, secondo le condizioni di vita e d'influenza esteriore».

Che significano «bene» e «male»? Certamente qualche cosa o di psichico o di meccanico, non esistendo altra sorta di fatti conosciuti, nè da me nè da altri, nè in questo mondo sublunare nè in altri mondi. Supponiamo che «bene» e «male» siano fatti meccanici. Ma chi ha mai capito e spiegato che cosa siano un «bene» meccanico ed un «male» meccanico? Queste coppie di parole constano di termini negantisi l'un l'altro e perciò non hanno senso. Poniamo pure in luogo delle nude idee le condizioni esteriori, pittoresche, volute dal concetto in questione, e vediamo che cosa ne risulta.

Siano nell'epoca paleozoica, o in quella che si voglia, perchè è indifferente. Sulla terra esistono degli organismi, simili, supponiamo, agli attuali animati, ma che sono invece privi di ogni sorta di fenomeni psichici. Qui v'hanno dunque delle Amebe, per esempio, che non sentendo il bisogno di nutrirsi, rimangono inerti al contatto di particelle di materia organica (e come mai, posta la necessità delle leggi meccaniche?), e muoiono. Anzi supponiamo di più: ecco un Physeter che va ad incagliarsi sulla sabbia e vi muore; ed anzi ecco un Cinocefalo ed un Negro, che camminano fino alla cima del Kilimanjaro, si sdraiano e vi muoiono gelati. Chi mi sa dire qual sorta di «male» vi abbia in codesti fatti di un mondo esclusivamente meccanico? È questa una domanda, alla quale non sarà mai trovata una risposta, nemmeno quando gli uomini faranno viaggi di esplorazione sui confini dell'universo.

Invero, che cosa accade, per esempio qui sulla cima del Kilimanjaro? Accade che in due masse di materia, le quali abbiamo designate coi nomi di Cinocefalo e di Negro, cessano certi movimenti, e ne incominciano altri, in conseguenza dei quali sparisce una gran parte delle due masse, restandone solo la più resistente, gli scheletri, che a lungo andare scompariranno anch'essi. Proviamoci pure a dire: Questi movimenti sono un «male», e applichiamo a questa asserzione e alla conseguenza che se ne trae («i mezzi di protezione han dovuto nascere»), il ragionamento che si potrebbe usare a proposito del «diviene necessario un modo di conservazione degli individui, ecc.» della p. 58. Che cosa rappresenterà qui la parola «male»? Senza dubbio o questi movimenti stessi o altri fatti. Nel primo caso noi veniamo a dire: Questi movimenti sono questi movimenti. E chi mi sa trovare in tale innocua proposizione il preteso «male» e la pretesa «necessità» di far «nascere» dei «mezzi di protezione»?!

Supponiamo ora che la parola «male» rappresenti altri fatti (ben inteso, parimenti meccanici e perciò movimenti). La prima proposizione allora diventerà: Questi movimenti sono altri movimenti. Ma ciò è contraddittorio.

Dunque è semplicemente assurdo l'affermare che, finchè nel mondo ci fossero stati soltanto fatti meccanici, avesse potuto verificarsi un «male» donde una «necessità» di far «nascere» dei «mezzi di protezione»!

E ora tentiamo l'altra via col dare al «bene» e al «male» il loro vero significato, quello psichico. «Bene» = piacere (o per lo meno = cessazione del dolore), «male» = dolore, di qualche sorta e di qualche grado e per qualcuno o per qualche cosa. È impossibile trovare altri significati, è assolutamente impossibile.

Posti il «bene» e il «male» colla loro vera natura, supponiamo che sia possibile, conforme all'opinione del Sergi, il «proteggere». Quali sono i «mezzi di protezione»? A p. 63 l'A. dice: «La forma fondamentale della funzione protettiva è, dunque, il sentimento di piacere e di dolore». Se, dico io, «i mezzi di protezione han dovuto nascere» per «proteggere» contro il «male», ossia per far cessare il «male», è come dire che il «doloreprotettivo» è nato in conseguenza del dolore«male» (si noti la successione espressa dal «corso dell'evoluzione», dal «quindi» e soprattutto dal «nascere»), cioè è nato in conseguenza di sè stesso ed è nato per far cessare sè stesso. Dico: sè stesso, perchè da nessuno, assolutamente nessuno, non fu mai dimostrato i dolori«mali» essere fenomeni di natura diversa dai «doloriprotettivi», ed è tre volte impossibile il dimostrare che, se questi ultimi sono «fenomeni psichici», i primi siano altra cosa. (Non fosse altro, ho dimostrato poco sopra l'assurdo del supporre che il «male» possa essere un fatto meccanico). Dunque, ripetiamolo, il «dolore» è «nato» in conseguenza di sè stesso, ed è «nato» per far cessare sè stesso.

Concludo, essere non soltanto facile a vedersi, ma evidente, che se i «fenomeni psichici», e per lo meno il «piacere» e il «dolore», avessero dovuto aspettare, per «nascere» che ci fossero prima di loro dei «beni» e dei «mali», e cioè avessero dovuto aspettare di essere già nati, non sarebbero mai esistiti.

A me sembrerebbe inutile un'ulteriore analisi, tanto la cosa è piana: ma le opinioni sono tanto varie, che non voglio esimermi dall'analizzare ancora il concetto in questione. La successione, o meglio autosuccessione, significata, come ho già accennato, principalmente dal «nascere», è tanto chiara che sarebbe vano il negarla, e del resto sarebbe vano per questo, che essa è necessariamente inerente al concetto teleologico riguardo al dolore, che è poi quello anche del nostro Sergi. Poichè «protezione» non ha altri significati possibili all'infuori di questi due: I. far cessare un «male» (= dolore) attuale, II. impedire un «male» (= dolore) futuro.

Esaminiamo il significato I. Può cessare ciò che non esiste? No. Se dunque si tratta di far cessare il «male», ciò è un affermare che il «male» esiste. Ma «male» = dolore: dunque il dolore esiste. Adesso bisogna «proteggere» e perciò far «nascere» i «mezzi di protezione». Questi che cosa sono? L'A. ce li ha indicati, in parte, più volte alla pag. 63: «La forma fondamentale della funzione protettiva è, dunque, il sentimento di piacere e di dolore....». Si tratta perciò di far «nascere», fra l'altro, il «dolore», il che equivale ad affermare che il «dolore» non è nato. Chi non vede ora la contraddizione? Il «dolore» «deve nascere», il che vuol dire che non è nato; e perchè «deve nascere»? Perchè il «male» esiste, cioè il dolore esiste, cioè il dolore è già nato! Se non è chiaro questo, sarei curioso conoscere qualche cosa di più chiaro.

Passiamo al significato II. Far «nascere» dei «mezzi di protezione» per impedire un «male» (possibile futuro) equivale ad affermare che esistono preventivamente in chi sta per fare questa azione, per lo meno delle rappresentazioni. (Non è meno, anzi più, necessario il sentimento, e precisamente dolore, cioè il timore del «male» ma si può, per artificio, farne anche senza). Queste non possono essere esistite che o (a) nella materia, o (b) altrove. Il caso (a) è un mazzo di assurdi: 1° Sarebbero già esistiti dei «fenomeni psichici», quelli intellettivi, mentre secondo l'A. stesso, «il piacere e il dolore sono i fenomeni psichici primitivi» (pag. 427); 2° e non semplici e rudimentali, ma di una complessità incalcolabile, nella materia inorganica o, al più, nei vegetali; 3° La materia inorganica o i vegetali avrebbero fatto «nascere» (NB., cioè creato!) il «doloreprotettivo» per impedire il dolore«male»; 4° mentre questo non esisteva, nè è possibile spiegare come avrebbe potuto minacciare di venire all'esistenza, se fino allora fossero esistiti soltanto i fenomeni intellettivi; 5° e quindi la materia inorganica o i vegetali avrebbero dato esistenza a quel fatto (dolore) precisamente, la cui esistenza si trattava di impedire! ecc., ecc.

Il significato I e il caso (a) del II vanno dunque rigettati, perchè sono il colmo dell'assurdo. Resta perciò il solo caso II (b), cioè: le rappresentazioni del «male» futuro e quelle relative all'impedire hanno avuto luogo (non nella materia inorganica o nei vegetali ma) altrove. Dunque in una mente creatrice...? O «patologia» delle religioni!

Del resto, anche concedendo generosamente, come di sopra è stato fatto, che il dolore«male» non sia previamente esistito sotto forma di timore nella psiche, per esempio, del quarzo o di un'alga o in una Mente creatrice, questo non fa evitare una contraddizione e una difficoltà, che per far cadere in altre non meno terribili, parte delle quali gioverà il riconoscere. Poichè allora il dolore«male» ha dovuto preesistere, o non, al «doloreprotettivo» negli esseri senzienti.

Supponiamo che sia preesistito, ossia torniamo al significato I di «protezione». E allora: 1° non è più vero che i «mezzi di protezione», ossia i «fenomeni psichici», tra i quali il «dolore», abbiano «dovuto nascere»: il dolore«male» è un «fenomeno psichico», e sfido a provare il contrario, eppure esisteva già. 2° Chi aveva creato e già inoculato questo dolore«male» negli esseri senzienti? La sapienza del quarzo o quella di una Mente creatrice? (Ma bella, sopratutto, quella sapienza, la quale produceva precisamente il fatto stesso che si trattava di impedire!) 3° Che se non fu alcun agente estraneo al mondo animale quello che creò, od almeno inoculò, alla materia animata il dolore«male», fu dunque il primo protoplasma o la prima Ameba l'autore di una così ingegnosa ed utile invenzione a vantaggio proprio e della futura sua innumerabile discendenza? 4° E se questo errore non fu commesso, e cioè se il dolore«male» non fu creato nè inoculato da alcuna mente, nè del quarzo, nè creatrice, nè dal protoplasma o da un'Ameba, ma esisteva necessariamente e di per sè; come mai esso, «fenomeno psichico» al pari del «doloreprotettivo», esisteva di per sè quando quest'ultimo aveva ancora da «nascere»? (Si ricordi che l'ipotesi è: far «nascere» dei «mezzi di protezione» contro un «male» che già esiste). Chi sa spiegare come e perchè due fenomeni così simili, anzi identici, abbiano avuto così diverse «origine»? 5° E il «doloreprotettivo», il quale «ha dovuto nascere», perchè ha «dovuto»? Lo hanno dunque costretto colla violenza? E chi lo ha costretto? Una Mente creatrice, quella del quarzo o del protoplasma, ovvero esso stesso ha costretto sè medesimo a nascere? ecc., ecc.

Adesso proviamo l'altro caso: il dolore«male» non è preesistito al «doloreprotettivo» negli esseri senzienti. E allora che è venuto a fare il «doloreprotettivo»? A «proteggere» contro il nulla? – Ma il «male» esisteva già in certo mondo, perchè preveduto. – Preveduto da chi? Da una Mente creatrice no, perchè le religioni sono «fenomeni patologici». (Non è qui il caso di osservare, che una Mente creatrice di ogni cosa avrebbe inventato il «doloreprotettivo» solo dopo essersi avvista che il dolore«male» era male, ed avrebbe semplicemente rimediato ad uno sproposito maggiore mediante uno sproposito minore, come può fare un Ministro della guerra italiano.) Dunque dal mondo inorganico o, al più, da quello vegetale, che precedettero il mondo animale: e così il «male» fu preveduto dal Rame, dall'Ossigeno o da un'Alga? – No, ma dalla materia animata. – Come animata, se ancora non esistevano i «fenomeni psichici»?

Smetto per sazietà, contentandomi di porre per ultimo questo dilemma, che riassume quanto di più importante può obbiettarsi ad ogni teleologia, e alle cui ferree branche non v'ha concezione di questa sorta che possa sfuggire. O il dolore«male» non esiste, e allora non c'è alcun bisogno del «doloreprotettivo»; o c'è bisogno del «doloreprotettivo», e allora il dolore«male» esiste. E se esiste, bisogna risolvere tutte o in parte le obbiezioni soprascritte, senza contare le altre possibili, secondo che non si ammette, o si ammette, una Mente creatrice.

Questo concetto dell'essere i «fenomeni psichici» «mezzi di protezione» ha in certo modo due aspetti: 1° quello di supporre che essi, e fra essi i due fatti della sensibilità, piacere e dolore, dovessero «nascere» mentre contemporaneamente si afferma che questi due fatti, col dare loro soltanto i nomi diversi di «bene» e «male», esistevano già; 2° quello di supporre che il dolore potesse essere un «mezzo» per impedire il «male»; supposti, che sono ambedue eminentemente contraddittorii. Del primo credo aver detto abbastanza; consideriamo un poco meglio il secondo.

Meno di chiunque altro potrebbe un autore a intenti esclusivamente biologici, come il Sergi, negare che qualsivoglia «male», per quanto d'ordine intellettuale o morale, deve pur finalmente consistere in un dolore di qualche sorta, di qualche grado e di qualcuno. E così essendo, la supposizione che il «nascere» del «dolore» sia stato un «mezzo di protezione» contro il «male» è cosa altrettanto contraddittoria quanto il supporre che l'apparire della luce nella nebulosa fu un mezzo per far cessare o per impedire la luce. Se sulla Terra non fossero mai apparsi i «fenomeni psichici», o per lo meno fossero apparsi soltanto quelli intellettivi, o soltanto il piacere, o quelli e questo soltanto, non vi sarebbe mai esistita alcuna sorta di «male». Perciò lungi dall'essere i «fenomeni psichici» (senza distinzione e cioè, compreso il dolore) un «mezzo» per far cessare o impedire il «male», sono essi stessi il «male». Citerò a prova le roccie dioritiche, le quali sono da noi credute sfornite di ogni «fenomeno psichico», e le quali perciò appunto noi crediamo esenti da ogni «male». E se vogliamo fare la dovuta distinzione, diciamo che, poichè il «male» esso stesso è dolore, il dolore è esso stesso il «male». Ciò è così chiaro come la proposizione: due e due fanno quattro.

Il pretendere di assegnare uno «scopo» dei «fenomeni psichici» proviene principalmente dal non vedere che invece ogni «scopo» consiste esso stesso in «fenomeni psichici» e in null'altro. Questo errore, proprio forse di ogni concezione teleologica del mondo, e antico di migliaia d'anni, è tale, che non può non condurre a difficoltà insormontabili e senza numero e a contraddizioni monumentali.

II

Dopo aver veduto le mie critiche Su la teleologia e gli scopi del dolore, Sul concetto meccanico della vita (secondo lo Spencer) e quella che precede, circa «l'origine dei fenomeni psichici» del Sergi, tu mi domanderai, caro Morselli, come io creda di potere, alla mia volta, mettere nelle idee quell'ordine che, secondo me, gli altri non vi hanno messo. Mi accingo a soddisfarti in quel modo che il pochissimo tempo e il disagio mi permetteranno di fare, ossia appena con un cenno di un cenno.

Io discordo dal modo comune d'intendere e di classificare i fenomeni psichici, modo che è stato una delle principali cause della mancanza, in cui la psicologia si trova ancora oggidì, di qualche legge veramente generale. Di tale mancanza io mi avvidi tosto che incominciai a leggere scritti relativi alla psicologia, e provai una viva soddisfazione il giorno che seppi essere di opinione eguale alla mia un valente pensatore. In un articolo della «Revue Philosophique» di forse due anni fa, il Lachelier trattò les lois psychologiques dans l'école de Wundt, ed espresse questo pensiero del grande fisiopsicologo: «La psychologie ne pourra prendre rang parmi les sciences que le jour où elle ètablira non pas seulement des classifications de phènomènes qui n'expliquent rien, mais encore des lois véritables, qui constituent des principes simples d'explication».

Prima di tutto è, secondo me, assurda la pretesa dei materialisti di ridurre i fatti psichici al movimento. Questa riduzione è così inconcepibile come quella che si volesse fare dicendo, che l'acqua si risolve in ossigeno e idrogeno, e poi che questi due gas si risolvono alla loro volta in acqua. Infatti ogni cognizione si risolve in sensazioni, e quella del movimento non fa eccezione. Ma le sensazioni sono fatti psichici, e quindi noi conosciamo il movimento come fatti psichici; e ciò posto, è impossibile che, viceversa, noi conosciamo i fatti psichici come movimenti. Quindi i fatti psichici sono fatti primi ed irresolubili, e sono quel che sono e nient'altro, e sono l'unica realtà da noi direttamente conosciuta.

In uno scritto alquanto esteso, che da tempo ho incominciato, discuto brevemente le classificazioni in uso dei fenomeni psichici. Qui accennerò il mio modo di vedere. Le così dette sensazioni della vita organica non si possono collocare nè nell'Intelligenza nè nella Sensibilità; non nella prima, perchè contengono anche piacere e dolore, non nella seconda, perchè contengono anche fatti intellettivi. Quanto alla classe Sensibilità, non è vero, o non è provato, che oltre il piacere e il dolore esistano appetiti o bisogni, sentimenti, emozioni, passioni. Analizzando le descrizioni degli autori, si trova che i composti (e non fenomeni semplici) chiamati con codesti nomi, sono aggregati di sensazioni d'ordine intellettivo e di piacere o dolore; nient'altro. Rimettendo perciò tali fatti al loro posto, cioè le sensazioni nell'Intelligenza e il piacere e il dolore nella Sensibilità, si trova che questi due ultimi fatti costituiscono tutta la classe. Riguardo alla classe Volontà, nessuno sa dire quale sia il fatto irriducibile, in grazia di cui la classe viene affermata. Quanto a me, nelle analisi degli autori non ho mai incontrato altri che i soliti miscugli, e più precisamente non ne ho ricavato che o un aggregato di fatti intellettivi (più che altro immagini di movimenti) con dolore, positivo o negativo, ovvero dolore solo, come a proposito dei sentimenti e delle emozioni riconosciuti dolorosi, e delle passioni e dei bisogni. Il Bain, in particolare, giunge a tal grado di confusione, da chiamare volontà il movimento, come se questo fosse un fatto psichico. Il Wundt, secondo l'articolo su indicato del Lachelier, afferma

11

una «attività», che del resto riconosce dipendente in gran parte dai «motivi». Io confesso di non intendere una «attività» distinta dagli atti, cioè fenomeni, e questi si riducono a quelli già detti. Per conseguenza non è dimostrato, secondo me, nè si ricava realmente dall'osservazione, che esistano altri fenomeni psichici, elementari e semplici, all'infuori delle sensazioni, (fatti intellettivi), nelle quali consiste ogni nostra cognizione dell'Esteso, e del piacere e dolore, che sono fatti irriducibili alle sensazioni, benchè sempre associati a qualche sensazione, non fosse altro la localizzazione.

Posto dunque che i fenomeni psichici si riducano a sensazioni e piacere e dolore, che composti psichici si riducano a sensazioni + piacere o sensazioni + dolore, in quali rapporti stanno i detti composti con il movimento sensibile esterno degli organismi o azione? Un'antica e vera sintesi diceva, che non si agisce mai che per due scopi: o di conseguire un piacere, o di fuggire un dolore. Non mancava che un passo per arrivare ad un'altra sintesi, la più generale possibile; ma questo passo, forse non ancora fatto in modo decisivo, tal quale è fatto è generalmente trascurato. I psicologi, sviati dai naturali preconcetti ottimistici, hanno creduto essere tanto il piacere quanto il dolore moventi all'azione. Il Bain pretende anzi che il piacere sia il più efficace movente, e si è cacciato in un ginepraio di contraddizioni. Egli pretende che quando uno stato doloroso provoca l'azione, e questa produce una diminuzione del dolore, tale diminuzione, che è, secondo lui, piacere, è quella che fa continuare l'azione. Ma non si avvede che 1° non è niente affatto vero che un dolore semplicemente diminuito sia piacere; 2° che quando anche ciò si conceda, ciò potrà spiegare la continuazione, ma non il cominciare dell'azione, la quale egli ammette preceduta da dolore. Il vero modo, invece, di spiegare l'azione in questo caso, è quello di riconoscere che il dolore, come ha fatto cominciare, così fa continuare l'azione, il continuare non essendo altro che un cominciare continuo: quando il dolore cessa, l'azione cessa. La cessazione invece non dovrebbe aver luogo, se l'opinione del Bain fosse vera, perchè, cessato il dolore, essendo il piacere al massimo, anche l'azione dovrebbe salire al massimo.

Un animale, un uomo, che cercano un piacere, non sono in uno stato di piacere, per la semplicissima ragione che nessuno va cercando uno stato in cui si trova. Dunque lo stato di chi cerca un piacere, dev'essere doloroso, in qualsiasi modo o grado. Così è infatti. Ognuno ammette che non si cerca ciò di cui non si abbia il desiderio. Ora tutti i psicologi ammettono il desiderio essere uno stato doloroso: il Bain lo chiama, fra l'altro, «acuta sofferenza». E qui bisogna fare un'osservazione importante. Il piacere e il dolore, non essendo fatti intellettivi, benchè sempre associati a fatti intellettivi, non sono definibili in sè, e quando noi vogliamo descriverli e definirli, non possiamo enunciare fuorchè i soli fatti intellettivi che li accompagnano. Così diciamo, che un dolore è lacerante, gravativo, ecc. Perciò non esiste già un dolore negativo differente dal positivo, ma soltanto le rappresentazioni, che accompagnano l'uno e l'altro, sono fra loro differenti. Inoltre ogni azione è diretta a far cessare lo stato attuale, tanto se in questo vi ha un dolore negativo, quanto se ve ne ha uno positivo.

Se dunque ogni azione, più o meno volontaria o cosciente, ha per iscopo di fuggire un dolore o di cercare un piacere, i fatti stanno così: 1° Dolore positivo, 2° Movimenti (azione) per farlo cessare; 1° Dolore negativo (desiderio), 2° Movimenti per farlo cessare. E allora si vede che le azioni tanto nell'uno quanto nell'altro caso sono precedute da uno stato psichico, in cui il componente fatto di Sensibilità è sempre lo stesso, cioè il dolore. Dunque tutti quei movimenti, che possono comprendersi sotto il nome di azione, hanno dal lato psichico degli antecedenti della classe Intelligenza, ossia fatti intellettivi o rappresentazioni, variabilissimi, ma in quanto a Sensibilità, hanno un solo e costante antecedente, il dolore.

Il piacere invece fa cessare ogni azione. Se in stati di piacere vi ha azione, ciò non avviene già per il piacere, ma al contrario per dolori negativi, che nascono. Questo non è facile di certo a provarsi per ogni caso, ma per molti casi è chiaro. Il Bain riconosce, per esempio, che una subita impressione di favorevole successo esalta così il corpo come lo spirito. Or bene: chi non ha in simili casi osservato sorgere in sè immagini e pensieri di altri e maggiori successi, immagini accompagnate, naturalmente, da desiderio? E anche senza di questi fatti più complicati, chi non osserverà in sè il bisogno di movimenti benchè senza scopo? A proposito di ciò può dirsi quello che il Bain dice di un uomo riposato e pasciuto, cioè che se un uomo invaso da un subitaneo piacere fosse impedito di muoversi, passerebbe a uno stato di disagio e sofferenza. Anche i movimenti senza scopo, che seguono un'impressione piacevole, hanno per antecedente immediato non il piacere, ma il dolore (bisogno), per quanto leggero e del resto non difficile ad osservarsi.

Molti fisiologi e psicologi, tra cui il Wundt, ammettono le azioni automatiche essere una volta state volontarie. Può dirsi di più, e cioè non essere provato, per lo meno, che tali azioni non siano, anche attualmente, precedute, o prodotte, da una sofferenza dei centri inferiori, dai quali esse dipendono. Anzi questa sofferenza sembra una supposizione plausibile; se fosse vera la quale, potrebbe dirsi che i dolori dei centri superiori passano a centri inferiori.

Non è poi consecutivo al dolore soltanto il movimento di traslazione ed esterno o visibile. Anche il movimento molecolare della sostanza nervosa, che è condizione dei fatti intellettivi, è preceduto, quando vi ha coscienza, dal dolore, positivo o negativo. Ciò è riconosciuto p. e. dal Wundt quando dice, che un «motivo stimola l'associazione». In un uomo che pensa, vi ha prima un dolore (poco importa se soltanto negativo), in seguito al quale compaiono delle rappresentazioni. Inoltre le azioni inibitorie consistono sovente anch'esse in movimenti allo stato nascente e molecolare, che vengono opposti a movimenti di ugual sorta; e sono precedute da un dolore, quello consecutivo alle rappresentazioni della fatica inutile, per esempio, che verrebbe dal lasciar libero il corso all'azione.

Che che si voglia poi pensare di una coscienza dei centri inferiori, rimane sempre vero, almeno per me, che ogni azione preceduta da coscienza (dei centri superiori), poca o molta, ha per immancabile antecedente il dolore. Io non credo che questa proposizione possa venire dimostrata falsa neppure in un caso. Dunque tutta la parte più cospicua del movimento, che si osserva nell'animalità e nell'umanità in particolare, movimento che ha lasciato traccie durevoli su quasi tutta la superficie del nostro pianeta, ha un costante rapporto con un solo fatto psichico. Se ciò è vero, questo rapporto è una legge, e anche di una generalità quale non è propria di alcuna legge psicologica finora ammessa.

Ogni azione diventa così una reazione (al dolore). Il dolore ha per condizione il movimento, e movimento tale, allo stato molecolare, da trasformarsi in movimento di traslazione (azione). Parrebbe quindi giusto il supporre che il piacere abbia invece per condizione un movimento molecolare, che non può trasformarsi in movimento di traslazione. Questo è necessario notare dal punto di vista dell'osservazione, perchè, come si ritiene essere i fatti psichici irriducibili al movimento, così bisogna ritenere che fra dolore e movimento di traslazione passi un puro rapporto di successione, ma non si può ammettere che il movimento sia propriamente un prodotto del dolore.

Il piacere e il dolore, non essendo rappresentativi (del mondo esterno), non hanno neppure una qualsiasi somiglianza coll'Esteso, e possono quindi chiamarsi i fatti psichici per eccellenza. Volendo entrare nel campo filosofico e generalizzare per induzione, si può considerare l'universo, con tutti i particolari aggregati di materia e i particolari movimenti di tali aggregati, che presenta, come un effetto del malessere provato dagli atomi nelle successive posizioni rispettive che hanno prese.

Quanto alla vita animale, lungi dall'esservi fatti od azioni che possano dar ragione del dolore, il dolore è la ragione, essendo l'antecedente, di ogni fatto od azione. Il «continuo adattamento» spenceriano, mentre è falso (nel senso assoluto che dovrebbe avere, e in quanto afferma un risultato favorevole) secondo il significato meccanico, diventa vero se gli si dà il significato psichico: vi ha quasi continuamente dolore, e perciò vi ha movimento diretto, riesca poi o non riesca, a farlo cessare.

Sempre tuo

E. REGÀLIA.

[1883]

II

Il concetto meccanico della vita

L'evoluzionismo e il monismo meccanico hanno sino ad ora fornito un contributo alla spiegazione del meccanismo dell'azione animale, non maggiore di quello che sarebbe, per lo scopo di asciugare l'oceano, il levarne un metro cubo d'acqua. E tuttavia ci sono filosofi in oggi, i quali giurano per le teorie meccaniche, e parlano, per es., di «leggi meccaniche della morale». Tutto quello che da qualche tempo in qua si è fatto di più che in passato, è l'avere conosciuto e parzialmente ordinato un maggior numero di eccitamenti esterni, ai quali si vede seguire negli organismi, e in collettività di organismi, una reazione. Ma è perfino superfluo il dire, che da ciò allo spiegare i movimenti in cui consiste l'azione, cioè principalmente quelli che seguono le modificazioni della sensibilità, corre una distanza incalcolabile, almeno perchè ignota. Nemmeno per i fenomeni della materia inorganica non esistono vere spiegazioni, perchè «allora solo sarà spiegato veramente un fatto, quando sarà conosciuta la quantità del lavoro eseguito in ciascun caso e il modo di trasformazione del moto che lo produce» .

Se male non mi appongo, l'illusione che fa credere a taluni essere già trovate poco meno che spiegazioni meccaniche anche delle azioni animali, ossia già quasi raggiunte le scoperte probabilmente più ardue e maravigliose che attendano la pazienza e il genio dell'uomo, viene principalmente da ciò: all'incidenza della forza esterna, e lo scrittore stesso o il lettore, più o meno incosciamente, fa seguire la modificazione psichica, suggerita immancabilmente a ciascuno dall'esperienza. Dalla quale, essendo noi ammaestrati che a un dato stato della sensibilità segue infallibilmente una data reazione, mentale se non altro, ecco perchè ci pare che la constatata incidenza della forza esterna abbia dato una spiegazione, o poco meno, della reazione. Invece si sono soltanto veduti due nessi: quello tra la modificazione venuta dall'esterno e la psichica, e quello tra questa e l'altro fatto meccanico della reazione. Ora nè l'uno nè l'altro sono nessi di causalità tra fatti meccanici, ossia modi di trasformazione di movimenti; e quindi la spiegazione non resta meno di prima onninamente ignota. Di guisa che, in quanto a spiegare, la filosofia del meccanismo, la quale spiega tutto ciò che è azione (traendone i grandiosi e giustamente ammirati quadri dell'evoluzione animale e umana), soltanto col porre tra l'eccitamento e la reazione il fatto psichico, non fa nulla di più di quello che facessero gli uomini dell'epoca glaciale.

Un concetto meccanico della vita, nonchè dell'azione animale, non è ancora, secondo me, stato raggiunto. So bene che non pochi filosofi e i più degli scienziati sono di contraria opinione, pensando essi che per esempio lo Spencer abbia fornito codesto concetto. Ma io non credo appunto che lo Spencer vi sia riuscito; e ciò per le ragioni che qui brevemente esporrò.

Apriamo il Vol. I dei «Principles of Biology». Il capitolo Proximate definition of Life mette capo alla formula: la definita combinazione di mutamenti eterogenei, così simultanei come successivi, nella quale sono espresse sei proprietà dei fenomeni vitali. È però quasi concesso dallo stesso illustre filosofo, niuna di queste proprietà essere veramente caratteristica: la differenza con cui si presentano nei fenomeni della materia vivente e dell'inorganica, si riduce al grado, secondo mi pare che potrebbe dimostrarsi, con un vantaggio a favore di un certo numero di mutamenti vitali e forme della vita, non già di tutti, nè a confronto di tutti i fenomeni inorganici. Del resto il capitolo si chiude colla dichiarazione, che questa formula lascia fuori «la singolarità più distintiva» della vita.

Al capitolo seguente viene aggiunta e commentata questa singolarità, che viene chiamata «allimportant» per il concetto di vita, e la formula diviene: La definita combinazione di mutamenti eterogenei così simultanei come successivi, in corrispondenza colle coesistenze e successioni esterne. Quali fatti siano rappresentati dalla parola «corrispondenza», e come essi siano caratteristici della vita, l'A. spiega principalmente nei seguenti passi.

P. 73: Nei mutamenti manifestati dalle cose inanimate in conseguenza di certi mutamenti di condizioni «noi non vediamo un nesso tra i mutamenti subiti e la preservazione delle cose che li hanno subiti; o, ad evitare qualunque presupposto teleologico – i mutamenti non hanno rapporti apparenti con futuri eventi esterni, che di certo o probabilmente avranno luogo. Nei mutamenti vitali, invece, tali rapporti sono chiari». «... È chiaro che i procedimenti di un ragno, il quale si avventa fuori quando la sua tela viene scossa leggermente, e resta rimpiattato quando la scossa è violenta, conducono meglio a procacciare il cibo e a fuggire il pericolo, che non farebbero se fossero invertiti. Il fatto che noi restiamo sorpresi allorchè, come nel caso di un uccello affascinato da un serpente, la condotta tende alla distruzione dell'individuo, mostra all'istante quanto generalmente noi abbiamo osservato un adattamento dei mutamenti vitali ai mutamenti delle condizioni ambienti». P. 78: «La modificazione prodotta da qualche azione esterna in un oggetto inanimato non ha tendenza a produrre in esso una modificazione secondaria, la quale prevenga (that anticipates) qualche secondaria modificazione dell'ambiente. Invece in ogni corpo vivente c'è una tendenza a modificazioni secondarie di codesta natura; e appunto nella produzione di queste consiste la corrispondenza»... «Se noi pigliamo un corpo vivo di una conveniente organizzazione e facciamo che il mutamento A (dell'ambiente) produca in esso un mutamento C; allora, se nell'ambiente A produrrà a, nel corpo vivo C produrrà c: i quali a e c mostreranno una certa concordanza di tempo, luogo od intensità. E mentre la vita consiste nella continua produzione di simili concordanze o corrispondenze, la vita è mantenuta dalla continua produzione delle medesime»... P. 79: «La sola risposta a queste obbiezioni (tratte dalla insufficienza del vocabolo corrispondenza) è, che non abbiamo una parola abbastanza generale per comprendere tutte le forme di questa relazione fra l'organismo e il suo mezzo, e insieme abbastanza specifica per dare un'idea adeguata della relazione; e che la parola corrispondenza sembra la meno difettosa. Il fatto, che deve costantemente venire espresso, è che certi mutamenti, continui o discontinui, dell'organismo sono connessi in guisa tale, che per quantità o variazioni o periodi di apparizione o modi di successione, essi hanno rapporto con azioni esterne, costanti o seriali, attuali o potenziali – rapporto in forza del quale una relazione definita fra alcuni membri d'uno dei gruppi implica una relazione definita fra certi membri dell'altro gruppo; e la parola corrispondenza sembra la più idonea ad esprimere questo fatto».

§ 30. «Dal riguardare i fenomeni sotto questo aspetto generale viene suggerito il modo di ridurre la nostra definizione della vita ad una forma la più astratta e forse la migliore. Considerando i rispettivi elementi della definizione come relazioni, noi evitiamo e la circonlocuzione e l'inesattezza verbale: e che noi possiamo giustamente considerarli in questa maniera, è chiaro». Pag. 80: «Dal momento, dunque, che noi possiamo in tutti i casi riguardare i fenomeni esterni come posti puramente in relazione, e i fenomeni interni anch'essi come puramente in relazione; la più estesa e la più compiuta definizione della vita sarà – Il continuo accomodamento delle relazioni interne alle relazioni esterne».

P. 82: «... La vita dell'organismo sarà breve o lunga, bassa od alta, secondo il minore o maggiore riscontro che i mutamenti dell'ambiente troveranno in corrispondenti mutamenti dell'organismo. Concesso un margine per le perturbazioni, la vita continuerà soltanto finchè continui la corrispondenza; la vita sarà compiuta secondo quanto sarà compiuta la corrispondenza; e la vita sarà perfetta solo quando perfetta sia la corrispondenza».

P. 83: «... Quando vediamo la pianta mangiata, il verme calpestato, l'uccello morto di fame, vediamo ancora che la morte è il cessare (is an arrest) di quella tale corrispondenza che esisteva; che esso ha avuto luogo quando c'è stata nell'ambiente qualche mutazione, alla quale l'organismo non rispose con una mutazione propria, e che perciò così per brevità come per semplicità, la vita era incompiuta quanto era incompiuta la corrispondenza».

P. 88: «Come prova la più semplice e concludente del variare il grado della vita come il grado della corrispondenza, rimane da notare che corrispondenza perfetta sarebbe vita perfetta. Se nell'ambiente non vi fossero altri mutamenti che quelli ai quali l'organismo avesse mutamenti adatti da opporre, e se l'organismo non restasse mai inferiore nell'energia opposta ai medesimi, si avrebbe esistenza eterna e scienza universale. La morte per decadenza naturale ha luogo perchè nella vecchiaia i rapporti tra l'assimilazione, l'ossidazione e la genesi della forza, le quali continuano nell'organismo, cessano a grado a grado dallo stare in corrispondenza coi rapporti tra l'ossigeno e il cibo e il calore assorbito dall'ambiente. La morte per malattia si verifica o quando l'organismo ha un'incapacità congenita di far contrasto alle ordinarie azioni esterne colle ordinarie azioni interne, o quando ha avuto luogo qualche straordinaria azione esterna senza che vi fosse un'azione interna da opporvisi. La morte per accidente vuol dire alcuni mutamenti meccanici del mezzo, le cui cause o sfuggono per mancanza d'attenzione o sono così complesse che i loro risultati non possono venire previsti; e per conseguenza certe relazioni interne dell'organismo non sono accomodate alle relazioni dell'ambiente. È chiaro che se ad ogni coesistenza e successione esterna, dalla quale in qualsiasi grado venisse affetto, l'organismo rispondesse con un conveniente processo od atto; i mutamenti simultanei sarebbero indefinitamente numerosi e complessivi e i successivi sarebbero senza fine; – la corrispondenza sarebbe la più grande che si possa immaginare, e la vita sarebbe la più alta che si possa pensare, così per grado come per durata».

Esaminiamo il primo dei passi su citati della p. 73. I mutamenti vitali hanno rapporto, non diciamo colla conservazione dei corpi che li hanno subiti, «per evitare qualsiasi presupposto teleologico», ma «con futuri eventi esterni che di certo o probabilmente avranno luogo».

Dunque con la conservazione no, e perciò con eventi, i quali non importa determinare se abbiano un nesso con la medesima? Lo scorrere delle acque dei fiumi «ha rapporto» con l'avvicinamento di molecole saline del mare alle loro molecole, giacchè, dato lo scorrere delle acque, tale avvicinamento non può non avvenire. E in generale, i mutamenti inorganici devono venire modificati dal moto esterno, e a loro volta, essendo essi stessi movimento, devono modificare il moto esterno; fatti che avvengono entrambi secondo leggi e rapporti immancabili, essendo lo stato di ciascuna porzione della materia, in ciascun istante, causa e condizione di uno stato successivo. Dunque l'aver rapporto con futuri eventi esterni qualunque è proprio anche dei mutamenti inorganici. Si noti poi che l'indifferenza degli eventi futuri riguardo alla «conservazione» è in contradizione coi tre esempi dati subito dopo, come con tutti gli altri e con tutti i tentativi di spiegazione o dimostrazione della caratteristica della vita; nei quali non si allude mai ad altro fatto meccanico, che sia il risultato dell'incontro degli eventi esterni con i mutamenti organici, tranne appunto la «conservazione».

«Che di certo o probabilmente avranno luogo». I futuri eventi esterni coi quali i mutamenti inorganici hanno rapporto, sono non probabili, ma, anche se impreveduti da noi, certi e infallibili. Dunque l'aver rapporto con futuri eventi esterni certi, non può essere caratteristico dei mutamenti vitali. Passiamo ai probabili e consideriamo l'altro dato essenziale dell'«avere rapporto». Un rapporto in tanto esiste in quanto esistono i termini, giacchè li presuppone. Nel nostro caso uno dei termini non esistendo obbiettivamente – eventi futuri, non solo, ma probabili – il «rapporto», comunque lo si voglia del resto intendere, non può avere nemmeno esso un'esistenza obbiettiva; ma tuttavia esso è affermato come esistente, dunque i futuri eventi probabili debbono pure esistere; e giacchè non hanno un'esistenza obbiettiva, non possono esistere che in quanto rappresentati in un organismo mentale. Dunque i mutamenti vitali implicano il fatto psichico di una rappresentazione. Quando fosse così, questo implicare una condizione di natura psichica starebbe in perfetta contraddizione con l'assunto di una definizione meccanica della vita.

Gli «eventi futuri» non possono essere nè cause efficienti nè condizioni dei mutamenti vitali nè dei modi di questi, appunto perchè «futuri», perchè non esistono: in un solo caso potrebbero determinarne almeno il modo, e cioè quando fossero cause finali. In questo caso si avrebbe la vita resa, al solito, oggetto di un pensiero preesistente alla vita, pensiero dell'Inconoscibile, per esempio, cioè di un fantasma; e si entrerebbe nel solito pantano della teleologia, dove quasi tutti, se non tutti, i pensatori sono andati ad affondare.

Ci può essere chi dica, che la parola «rapporto» sta a rappresentare i modi – fatti obbiettivi, meccanici – dei mutamenti vitali, modi che sono caratteristici, perchè, quando siano pensati, si trovano stare «in rapporto» con futuri eventi esterni.

L'avere dei modi è necessariamente proprio anche dei mutamenti inorganici; lo stare, quando siano pensati, «in rapporto» con futuri eventi esterni, è proprio, come già si è visto, anche di questi modi. Così l'evaporare dell'acqua è in rapporto colla futura abbassata temperatura dell'atmosfera, perchè tutti prevediamo che avrà luogo questo abbassamento, il quale sarà causa che l'acqua cambi il suo stato di aggregazione, almeno col riprendere lo stato liquido. E allora? I modi dei mutamenti vitali meccanici sono modi di movimento. Ora, in che consistono questi modi? Non c'è uomo nato finora, che sappia dirlo: quindi, se si intende affermare soltanto, che i modi dei mutamenti vitali sono modi di movimento, non si afferma nulla di caratteristico; se affermare, che sono modi di movimento diversi dai modi dei mutamenti inorganici, si afferma ma non si dimostra la caratteristica.

– È la qualità, la natura del «rapporto» che è diversa. Lo Spencer ha detto, a p. 78, che «nei corpi viventi c'è una tendenza ad alterazioni secondarie», che «prevengono qualche alterazione secondaria dell'ambiente», e più sotto, che il mutamento secondario c del corpo vivo «mostrerà un certo accordo di tempo, luogo od intensità» col mutamento secondario a dell'ambiente. –

Che significa «prevenire»? Non certo accadere prima, perchè tutti i fenomeni dell'universo, eccetto l'ultimo, se un ultimo dovesse esserci, accadono prima di altri. Il «prevenire», nel suo significato ordinario, include un fatto psichico, la previsione di un evento: questo significato bisogna rigettarlo, se no il puro meccanismo se ne va. Diciamo: impedire una modificazione che al corpo vivente potrebbe venire arrecata da una futura alterazione dell'ambiente. Ma col dire potrebbe, torniamo ad affermare una previsione: diciamo dunque, che il modo del mutamento vitale è cosifatto, da impedire che una modificazione proveniente dall'esterno riesca quella, non che potrebbe essere ma che è. Ma questo è contraddittorio. Anche l'impedire include il possibile, cioè una rappresentazione mentale.

Il «prevenire» e impedire o implicano il fatto psichico di una rappresentazione, che ha luogo (a) nell'animale agente, ovvero (b) in un estraneo spettatore, (c) o no. Il caso (a) deve escludersi, perchè la definizione ha da essere meccanica; il caso (b) perchè una proprietà costante non può essere un fatto casuale; resta che (c) si escluda ogni fatto psichico, e s'intenda soltanto dati modi di movimento o un risultato, una combinazione di questi modi con modi di movimenti esterni, quale la sussistenza o durata delle forme viventi. Ma quelle due parole non esprimono alcun modo di movimento; molto meno i modi vitali, che sono ignoti: esprimono dunque un risultato, la «conservazione». E allora non è vero che questo fatto sia una caratteristica dei mutamenti proprii della vita; perchè sarebbe vero allora soltanto, quando ad ogni mutamento vitale susseguisse la conservazione, e in altri termini, quando i corpi viventi, a differenza degli inorganici, fossero eterni.

Quando a noi pare che i mutamenti inorganici non prevengano, in genere, i futuri eventi esterni, e quelli vitali invece li prevengano, noi giudichiamo così in forza di certe associazioni abituali, le quali però non provano nulla. Che cosa impediscono i mutamenti vitali? Che le future modificazioni prodotte dall'ambiente riescano altre, in genere, da quelle che riescono? Ma questo lo impediscono necessariamente anche i mutamenti inorganici. In particolare, impediscono forse quelle modificazioni che produrrebbero la dissoluzione del corpo considerato? No, perchè anzi le permettono: tanto è vero, che ogni corpo vivente muore. – Ma per lo meno le impediscono per più o meno tempo. – I mutamenti della massima parte dei solidi componenti la crosta terrestre le impediscono per un tempo enormemente più lungo. E poi, che senso avrebbe il supporre che i mutamenti dei corpi così organici come inorganici, non impediscano per qualche tempo quelle modificazioni che produrrebbero la distruzione, se l'impedirle per zero tempo vorrebbe dire che i corpi stessi non esisterebbero? E come è possibile che il semplice affermare una durata dei corpi organizzati sia un dare la loro caratteristica, quasi che gli inorganici non durassero?

«Prevenire» e impedire non sono l'affermazione di un fatto puramente meccanico, ma includono un fatto psichico. L'implicazione del fatto psichico c'è qui come c'è nell'altra forma, in cui è espressa la caratteristica, quella dell'«avere rapporto a futuri eventi esterni, certi o probabili», giacchè il «prevenire» è appunto un simile «avere rapporto». Ora, per tornare su questa forma, sembra non potersi negare che la meccanica vi brilla per la sua assenza. Se non esistono i termini, un «rapporto» non esiste. E chi può provare che dei movimenti esterni, non solo «futuri» ma probabili (cioè che possono anche non verificarsi) esistono obbiettivamente? – Eppure esistono: perchè alla rappresentazione, che ha luogo nell'animale, degli eventi probabili, è correlativa una data qualità di movimenti dei tessuti, nervoso od altro. – Già: ma se il mutamento c, che viene ora asserito ed è infatti «in rapporto» coi movimenti correlativi alla rappresentazione, viene prodotto, ciò accade dopo che già esistono questi movimenti, che ne sono la causa, come dal lato psichico, una parte degli elementi, lo scopo e il sentimento ne è il movente. Dunque, per rispetto al mutamento c, i soli movimenti che costituiscano obbiettivamente gli eventi esterni probabili, e cioè i movimenti correlativi alla rappresentazione loro, lungi dall'essere futuri, sono passati; oltre di che, lungi dall'essere esterni, sono interni. – Ciò non prova nulla contro la definizione, perchè alla rappresentazione che ha luogo nell'organismo, segue poi l'evento «esterno»; così che, se il mutamento c era «in rapporto» colla rappresentazione, sarà «in rapporto» necessariamente anche con l'evento, il quale è «esterno» ed è «futuro». – A ciò vi ha una semplicissima obbiezione: ed è, che spesso l'evento esterno è così poco «futuro», che non ha luogo; e allora il mutamento c «ha rapporto» con l'«esterno» e «futuro» nulla. Questo caso, non c'è bisogno di dirlo, si verifica ogni volta che un animale sbaglia; cioè che una data impressione provoca la rappresentazione di una combinazione di movimenti esterni, dalla quale la combinazione reale differisce poi in tutto o in parte. Sbaglia il zoofito che si contrae all'oscuramento prodotto da una nube che passa, oscuramento e nube dai quali non gli verrà alcun danno; un uomo che, visto un altro il quale lo prende di mira con un'arma da fuoco, si china e fugge, mentre l'arma è scarica, e chi l'ha in mano lo sa benissimo: e in generale, hanno luogo errori più o meno grandi, chè qui non è questione di grado, ma in numero grandissimo, nella vita di qualunque animale che duri, per esempio, qualche anno; di una serie o dell'ultimo dei quali errori in moltissimi animali è conseguenza la morte.

Quanto a quel «certo accordo di tempo, luogo od intensità», che il mutamento vitale c mostra col mutamento a dell'ambiente, si può osservare: perchè questo «accordo» sia caratteristico, bisogna che i mutamenti inorganici b presentino un disaccordo. Ma questo in che può consistere? Nel non costituire uno stato, in forza del quale il mutamento a produca poi nel corpo quel mutamento che dovrebbe essere prodotto? Ciò sarebbe un negare l'invariabilità delle leggi fisiche, contro la quale non c'è alcun dovrebbe che abbia senso. Non si può immaginare altro disaccordo, fuorchè la incapacità del mutamento inorganico b a impedire che a cagioni la distruzione o un danno (principio di distruzione) del dato corpo: e allora «l'accordo», proprio del mutamento vitale c, consiste appunto in questo impedire. Tale differenza però è insussistente: i corpi organici presentano dei mutamenti inetti, e gli inorganici ne presentano degli atti, alla «conservazione»: è più che inutile citare esempi.

Dal momento che fra i movimenti esterni ve n'ha di quelli, contro i quali i modi dei movimenti interni preservano un corpo inorganico, mentre i modi di un corpo vivente non preservano questo; che ve n'ha di quelli, contro i quali si preserva un corpo vivente e non uno inorganico; che ve n'ha di quelli, contro i quali si preservano e corpi viventi e inorganici; e finalmente di quelli contro cui non si preservano nè i viventi nè, almeno alla lunga, gl'inorganici; non si vede come tanto la «preservazione» quanto la «prevenzione» di eventi esterni, prese in genere e indeterminate, e così assegnate quale caratteristica ai corpi organizzati, possano apparire un'assegnazione non arbitraria nè inconcludente.

Passiamo ad altre proposizioni esplicative o dimostrative, di cui fanno parte i vocaboli nei quali è sintetizzata la caratteristica, cioè «corrispondenza» e «accomodamento (adjustment)». A p. 78 è detto, che la «vita consiste nella ed è mantenuta dalla continua produzione di simili concordanze o corrispondenze». Ciò sembra molto chiaro, e tuttavia è ben lontano dall'esser tale. Notiamo come qui sia evidente, meglio ancora che in altri luoghi, le «concordanze» e «corrispondenze» essere combinazioni di movimenti indefinite ed indefinibili in sè, ma caratterizzate dall'avere per conseguente il «mantenimento» della vita. E ora, o la vita «consiste», cioè si compone, o soltanto di mutamenti «mantenitori» o anche di nonmantenitori: se si compone anche di questi ultimi, la 2a parte della proposizione è contraria al vero; se si compone solo dei primi, allora essa non può mai cessare, e la 1a parte della proposizione è contraria al vero. Una volta ammesso che tutti gli organismi muoiono, o per vecchiezza o per malattia o per accidente (aggiungasi – o per la propria opera volontaria, caso ognora più frequente tra gli organismi più alti, gli uomini) sorge il chiaro dilemma: o non è vero che gli organismi muoiono o non è vero che la caratteristica dei loro mutamenti consista nel tenere lontana la morte.

Nel brano citato della p. 88 si dice, che «se l'organismo non restasse mai inferiore (sono io che sottolineo) nell'energia opposta ai mutamenti dell'ambiente, l'esistenza sarebbe eterna». Anche i gruppi atomici di un frammento di calcare, se non restassero mai inferiori di energia ai movimenti atomici della materia esterna, e perciò se non si lasciassero mai disgregare, sarebbero causa che il frammento durasse eternamente. Ma il più importante non è qui. Dunque la vita si compone anche di mutamenti inferiori di energia alle forze distruggitrici esterne. Ma questo viene ammesso ora e solo implicitamente, ma non è stato detto in veruna delle spiegazioni o dimostrazioni della caratteristica vitale. Così pure in esse è detto, che i mutamenti vitali prevengono i mutamenti esterni, hanno rapporto, mostrano un certo accordo con questi, ecc.; ma non è detto, che ve n'ha pure di quelli che non prevengono, il produrre non hanno rapporto, non mostrano un accordo, ecc. Quindi nelle spiegazioni date, i fenomeni vitali si distinguono per il produrre la persistenza dei fenomeni vitali, ossia si distinguono per la loro persistenza. Però, siccome ha luogo anche il contrario, cioè la loro cessazione, bisogna pure che ve ne siano anche di quelli i quali non si distinguono punto per dare luogo alla persistenza.

Vi è per altro una combinazione d'idee, che si presenta con apparenze tali, da meritare che se ne esamini il valore. Potrebbe dirsi, che i mutamenti vitali resistono tutti alle azioni nocive esterne; allontanano tutti, tanto o quanto, la cessazione della vita; e che la cessazione ha luogo dopo l'ultimo mutamento, solo perchè non ce n'è alcun altro che vi si opponga; e questo concetto essere espresso dallo Spencer, per es. nei brani delle pagg. 82 e 83 su citati. Ma una simile maniera d'intendere le trasformazioni del moto che avvengono nei corpi viventi, è in contraddizione, se non con altri concetti dello stesso Spencer, per lo meno colla realtà. Il nostro filosofo riconosce che l'organismo «resta inferiore» di energia ai mutamenti esterni; che nella vecchiaia certe funzioni «cessano di stare in corrispondenza» ecc., cioè continuano senza essere, almeno in parte, corrispondenti; che l'organismo malato «ha un'incapacità congenita di far contrasto alle ordinarie azioni esterne colle ordinarie interne»; cioè che vi hanno mutamenti vitali di qualità opposte a quelle da lui attribuite ai mutamenti vitali in genere: e quando in ciò non esistesse vera opposizione, esiste per lo meno nel fatto da lui ammesso, che la condotta talora «tende (fatto positivo) alla distruzione dell'individuo». È vero che il contrario della «corrispondenza» non è stato definito o spiegato tranne col dire, che è un cessare (per es., arrest, p. 83) di corrispondenza: ma non è propriamente vero che il contrario della «corrispondenza» sia un fatto puramente negativo. Quando una Falena vola incontro ad un Rinolofo, un pesce nuota verso una Foca, un fanciullo trangugia per errore un veleno, un uomo appresta un'arma per uccidersi, e tutte queste azioni sono seguite dalla morte; non si hanno soltanto fatti negativi: si hanno azioni positive quanto qualunque altra immaginabile. I movimenti, sia vibratorii sia di traslazione, conducenti un animale, un uomo alla morte, e che possono variare dall'essere istantanei fino a costituire serie di una lunga durata, sono altrettanto movimenti quanto altri movimenti qualunque, cioè fatti positivi, modi dell'unico fatto, all'infuori dei fatti psichici, il moto.

Si può inoltre notare, che se la «corrispondenza» dev'essere la caratteristica dei mutamenti vitali e consiste nell'identità del loro risultato, la «conservazione»; non è abbastanza chiaro il concetto di corrispondenze minori e maggiori, più e meno imperfette: poichè il risultato delle azioni producenti la morte, cioè la morte, non differisce solo di grado dal risultato di quelle credute mantenitrici della vita, cioè la vita; ma differisce quanto il no dal sì, quanto il nulla dal tutto.

Dopo che, a p. 85 è detto, «la più alta» vita essere quella che, come la nostra, presenta grande complicanza, rapidità e durata di corrispondenze (coll'ambiente), il § 33 è diretto a provare, che in generale «quelle relazioni dell'ambiente alle quali le relazioni dell'organismo devono corrispondere, crescono esse stesse di numero e complicanza a misura che la vita assume una forma più alta» (p. 87). Mi domando, se qui non vi abbia tautologia. Il mondo esterno è «ambiente» solo in quanto modifica gli organismi: se no, vi ha un ambiente identico per tutti i viventi, cioè l'universo. Molte reazioni = molte azioni: molte reazioni = vita alta: dunque vita alta = molte azioni (dell'ambiente). Col dire, molto moto che passa dall'ambiente all'organismo, s'implicano l'ambiente e l'organismo ad un tempo (ambiente complesso, vita alta). Resta la durata delle corrispondenze, che è insomma la durata della vita: ma in ciò l'A. non è d'accordo colla realtà: infatti un crocodilio, un cipresso, anzi un ciottolo, sarebbero corpi forniti di maggiore o più lunga corrispondenza d'ogni uomo. Perciò, a p. 84, egli si è contentato di stabilire, che per lo più (habitually) la crescente corrispondenza si accompagna alla durata insieme e alla complicanza. In questo concetto della vita gli attributi si applicano non al totale della realtà, ma soltanto ad una parte, e poi soltanto a parti di questa parte.

Non è inutile, forse, anche il rilevare, che se un organismo è malato allorchè, per incapacità congenita a contrabbilanciare le azioni esterne, muore dopo avere vissuto, benchè più brevemente di altri; siccome la sua incapacità non è stata assoluta poichè ha vissuto, nè la capacità degli altri è assoluta poichè muoiono; non esiste tra il malato e i sani alcuna differenza essenziale quanto al vivere e morire, tranne nella durata del vivere, che però differisce anche tra i sani: di modo che potrebbe dirsi, tutti gli organismi essere «congenitally defective» e tutti essere fino ab ovo malati.

La formula – Il continuo accomodamento delle relazioni interne alle relazioni esterne – data quale altra definizione della vita, lascia quindi fuori anch'essa un numero più o meno grande, ma un certo numero che costantemente ha luogo in qualunque organismo, di mutamenti vitali. Perchè l'«accomodamento» significa, come è di nuovo spiegato alle pagg. 94 e 95, cap. VII, The scope of Biology, contrabbilanciare (to balance) i mutamenti esterni, cioè insomma impedire la morte; mentre, verificandosi questa costantemente, devono anche esserci dei mutamenti che invece la producano. Perciò, mentre un animale che addenta l'esca di una trappola che sta per ucciderlo, un soldato che marcia a un assalto e sta per ricevere una palla nel cuore, sono tuttavia corpi organici e viventi, e le loro azioni sono quindi vitali; non di meno e corpi e azioni sono esclusi dalla formula, perchè queste azioni, lungi dal tenere lontana la morte, ne sono una causa prossima, una condizione.

Bisognerebbe o negare la morte, ciò che non si può; o negare che i mutamenti di un corpo vivente, quando abbiano per risultato la morte, siano vitali, ciò che non si può. Resta dunque il riconoscere, che i mutamenti il cui risultato è la «conservazione», non sono i soli vitali; e che mutamenti aventi due risultati diametralmente opposti, vita e morte, sono in egual modo vitali. Ma nulla di ciò è stato detto esplicitamente, e solo è stata ammessa in maniera implicita l'ultima delle proposizioni che sopra, col dire a p. 73, – che la nostra sorpresa allorchè la condotta tende alla distruzione, mostra quanto generalmente esista un adattamento dei mutamenti vitali a quelli dell'ambiente.

Dunque la caratteristica vitale si riduce ad un «quanto generalmente»! Ora, di qual valore potrà essere questa, quando un gran numero di mutamenti vitali si distingue per avere effetti, non già alquanto diversi, ma assolutamente opposti? Gli errori, numerosissimi in ogni vita, sono quasi sempre nocivi alla sua durata; in gran parte dei viventi ve n'ha uno o più, che producono morte immediata; nell'uomo poi, oltre aver luogo errori, tutte le più alte manifestazioni vitali, compresa cioè la così detta volontà, sono talora dirette a produrre la morte. In più vasta scala si hanno la vecchiezza, la malattia, la debolezza, «l'imperfetto adattamento», che dà luogo alla strage, sotto molte forme, dei «meno adatti» e alla «enorme mortalità che prevale tra gli esseri inferiori».

La «corrispondenza» è tanto un carattere essenziale per i mutamenti vitali, quanto p. es. è per i mammiferi il vivere sulle montagne. Essa ha, al più, il valore di un carattere descrittivo, e poi anche non molto generale: ed è possibile che ciò basti per costruire?

Il concetto della vita, quale qui è presentato, implica quando la teleologia, quando il fatto psichico, ma non ha raggiunto una caratteristica meccanica: quindi una tale caratteristica della vita è ancora da trovare.

Bisogna ora mostrare come l'insufficienza di questo concetto della vita si manifesti, così nel seguito di quest'opera come in altre dello stesso illustre Autore, cogli inconvenienti ai quali conduce: ma tempo e spazio mi vanno mancando e debbo essere brevissimo.

Che all'infuori dei fatti psichici, tutto sia Materia e Moto nell'universo, è una sintesi ottenuta da un pezzo; ma il dire in termini vaghi, che tutto si fa per moto e materia, non serve a nulla: quel che occorre, è trovare il modo di trasformazione di una specie di movimento in un'altra. Mentre nel campo psichico ci erano e sono più noti i singoli fatti che non le leggi e sintesi loro, almeno le più generali, nel campo meccanico si è arrivati molto prima alla più vasta sintesi – essere tutti i fenomeni modi dell'unico fatto, il moto – che non a conoscere i singoli modi e moltissime leggi loro, tra l'altro l'intera categoria dei movimenti molecolari essendo ancora sconosciuta. La cognizione della suprema sintesi meccanica ci è, da sola, del tutto inutile; e la prova si ha nel fatto, che sempre gli uomini hanno indagato, e indagano, le condizioni dei singoli fenomeni. Essendovene che ci nocciono ed altri che ci giovano, di qui l'incessante bisogno di conoscere le condizioni degli uni e degli altri, e insomma, stante la concatenazione loro necessaria, di tutti i fenomeni. E la ricerca delle condizioni è il compito di tutte le scienze per tutto l'avvenire.

Il più che possa farsi per ora, mentre s'ignora onninamente ogni maniera di movimenti molecolari, consiste nel raccogliere dati sui rapporti di successione dei fenomeni. Trattandosi di azioni animali, che sono movimenti sensibili in cui si trasformano dei movimenti insensibili, tutto ciò che può trovarsi di nuovo, consiste in codesti rapporti di successione tra movimenti sensibili dell'ambiente e degli organismi, ma niente più. Allorchè tra un moto sensibile esterno e un movimento di un animale ci si pone il fatto psichico, si dà bensì una dimostrazione della dipendenza del secondo dal primo, perchè il fatto psichico ha per noi un rapporto necessario e con lo stimolo e con l'azione, ma una dimostrazione tanto differente dall'essere meccanica, quanto un fatto psichico dal moto: e quest'ultima differenza è del più alto grado che si conosca, perchè è irriducibilità.

Il processo di evoluzione organica dipende sempre, è innegabile, o da vicino o da lontano, dai mutamenti dell'ambiente. Ma lo Spencer passa sempre da questi alle azioni per mezzo dei fatti psichici; ed è evidente che non può esserci altro mezzo. Perciò è bene far osservare agli entusiasti delle teorie e leggi meccaniche: sono poi veramente questi grandissimi trovati, dissipatori di ogni oscurità e mistero, i trovati dell'evoluzionismo, incapaci di fare il più piccolo passo da sè e che non vanno innanzi se non portati dai fatti psichici? Non vorrei essere inteso male: è certo che le scoperte dell'evoluzionismo, in gran parte odierne, sono stupende e sono tutto quanto l'ingegno umano può dare per ora, tanto è vero che non dà di più: le mie osservazioni sono dirette solo a negare che abbiano quel tanto di valore al di là del vero, che molti vogliono loro attribuire.

Io nego che «quei processi universali» dai quali sono stati prodotti i risultati passati ed attuali e saranno quelli futuri, posseggano quella «selfsufficingness» (Princ. of Biol., II, p. 507), che vien loro attribuita così assolutamente. Questi processi meccanici, dai quali non si riesce a trarre nemmeno la più semplice azione, se non mettendovi di mezzo il psichico, per es. un bisogno, pare a me che «bastino a sè stessi» quanto basta ciò che non basta: ciò, intendo, quanto al risultato che pretendono, almeno implicitamente, avere raggiunto, di spiegare e dimostrare anche le più difficili loro conseguenze. Si dirà: voi dimenticate che i fatti psichici non sono se non l'aspetto subbiettivo di fatti meccanici, e non vedete che, quando tra un mutamento esterno e l'azione ci è stato messo un fatto psichico, con ciò vi è messo precisamente quel movimento che in realtà vi esiste, e così l'azione è spiegata. – Non dimentico nulla, e solo ripeto, che l'esser tutto moto ciò che non è psichico, è una verità, per far conoscere la quale non c'è bisogno oggidì, non dico di volumi, ma neppure di una parola. Ecco quello che non bisogna dimenticare, e che si dà ragione a credere che si è dimenticato, quando si accettano dei fatti psichici in luogo di spiegazioni meccaniche.

Vediamo qualche particolare. Nel Cap. How is organic evolution caused? (I, p. 406), si nega, contro Erasmo Darwin e il Lamarck, che i «bisogni» e «desiderii» siano cause indipendenti di evoluzione, e si afferma che le cause prime vanno cercate di fuori: però si ammette che i desiderii «agiscano direttamente sul sistema nerveomuscolare» e «conducano a maggior azione degli organi motori». Si chiude col dire: «Allora soltanto quando si sia connesso il processo di evoluzione degli organismi al processo di evoluzione in generale, potrà dirsi davvero di averlo spiegato (explained). Ciò che si richiede, è il mostrare che i suoi vari risultati sono corollarii di primi principii. Dobbiamo conciliare i fatti colle leggi universali della ridistribuzione della materia e del moto».

Nell'ultimo capitolo dell'opera (II, p. 494) si dice, che ogni ulteriore evoluzione umana sarà della stessa natura dell'evoluzione in generale, concludendo (p. 497), che «questa ulteriore evoluzione, questo più compiuto equilibrio mobile, questo migliore accomodamento delle relazioni interne alle esterne, questa più perfetta coordinazione di azioni... deve prendere principalmente la direzione di un più alto sviluppo intellettuale ed emozionale». «§ 373. Questa conclusione ce la troveremo egualmente imposta se ricerchiamo le cause (causes) che sono per produrre cotali risultati».

L'evoluzione dell'uomo non è più spontanea di un'altra. Tutte quante le modificazioni organiche sono sempre conseguenze dell'ambiente. Quali sono dunque i mutamenti dell'ambiente, ai quali l'organismo umano si è adattato, si adatta e si adatterà? La civiltà proviene da un aumento di popolazione; scema il pericolo delle morti violente, ma cresce quello prodotto dai viventi stessi per il loro numero; «evidentemente i bisogni delle moltitudini loro troppo numerose formano il solo stimolo che gli uomini abbiano a ricercare una maggiore quantità delle cose necessarie alla vita». «Questo continuo aumento di popolazione, superiore ai mezzi di sussistenza, produce dunque un sempre nuovo bisogno di abilità, intelligenza e padronanza di sè stesso». P. 499: «Nulla fuorchè la necessità, avrebbe potuto far sottomettere gli uomini a questa disciplina...». P. 506: «Da ultimo, dunque, il provvedere alla sussistenza e l'adempimento di tutti i doveri parentali e sociali richiederà precisamente la qualità e quantità di azione necessaria alla salute, alla felicità».

In questi passi, come nel resto dell'opera, all'infuori delle solite formule vaghe ed astratte, che vi ha di meccanico? E queste formule, per quanto del resto pregevoli, non hanno lo stesso difetto dall'A. riconosciuto nella parola «corrispondenza», cioè di non essere «abbastanza specifiche»? Ognuno concederà che sono più lontane dal rappresentare delle spiegazioni, di quanto le prime constatazioni dei moti celesti fossero dai calcoli coi quali il Leverrier scoperse il suo pianeta. Le espressioni poi, «migliore coordinazione di azioni», «vita più compiuta» e simili, vogliono bensì avere un'apparenza meccanica, ma o hanno solo un senso psichico o sono false. Basta un'analisi brevissima per iscorgere che i più e i meno, i meglio e i peggio, ivi espressi o sottintesi, non rappresentano fuorchè sensazioni o emozioni nostre piacevoli e dolorose. Perchè meccanicamente non vi è nulla nè di meglio nè di peggio, nè di più nè di meno perfetto o compiuto, non essendovi che trasformazioni del moto secondo leggi uniformi e infallibili; così che le mutilazioni e la distribuzione degli organismi senzienti non sono nulla di peggio della decomposizione dei vegetali e delle roccie. Il numero e la velocità dei movimenti non provano nulla, perchè altrimenti il mare e l'atmosfera avrebbero una vita più compiuta di qualunque uomo. – Ma insomma dei mutamenti funzionali ne avvengono, in cui consiste l'evoluzione. – Sicuro; come nel sole, in un continente, in un ciottolo: i mutamenti però di questi corpi voi li fate consistere soltanto nell'essere i movimenti di poi diversi da quelli di prima: fate altrettanto per l'uomo: ma alto, perfetto, compiuto sono affermazioni di scopi della nostra sensibilità.

Come «cause» dell'evoluzione umana vengono assegnati questi fatti, «pericolo di morte, bisogni, stimolo, necessità». Questa è una spiegazione di una novità pliocenica o almeno quaternaria, e di qualsivoglia qualità tranne meccanica. Inoltre, questa enumerazione è incompiuta, perchè fin da antichissimi tempi ci sono uomini, non solo nelle società civili, ma e nelle barbare, dovunque esiste accumulazione della proprietà, che lavorano al pari e più di quelli che lavorano per procacciarsi il cibo, quantunque la loro sussistenza sia abbondantemente assicurata. Ciò è ammesso, implicitamente, dallo stesso Spencer nelle Basi della Morale, § 68. Ci sono molte altre cause di progresso oltre la «mancanza di cibo»: questa ha solo il vantaggio di una apparenza più meccanica.

Tra altre avvertenze, e molte, possibili, può farsi ancora questa: per mostrare la superiorità dell'ipotesi dell'evoluzione sopra quella della creazione, si ricorre alla gran quantità del soffrire, che pesa sui viventi, e si dichiara che l'evoluzione aumenta la felicità (I, p. 354); e in un brano su citato si ripete, come risultato del progresso umano, la felicità. Ma dunque esiste un altro ordine di fatti? E allora in quali rapporti sta quest'ordine col processo meccanico? Si dirà che anche la felicità ha il suo correlativo meccanico? Ciò è verissimo, in un certo senso; ma come lo scopo «felicità» ha una speciale posizione subiettiva, bisognava mostrare quella che il suo correlativo meccanico ha parimenti nel processo evolutivo; mentre qui invece la felicità è un dato caduto a caso entro il processo, è un aerolito.

Anche la proposizione su citata «nulla fuorchè la necessità, ecc.» o ha un senso psichico, o non ne ha alcuno; perchè l'essere o il moto, o suoi modi, «necessarii»; è cosa che non ispiega nulla. Qui l'idea della necessità vi sta, come se l'A. non si fosse avvisto, che se essa contiene una spiegazione dell'evoluzione, è soltanto perchè rappresenta leggi della sensibilità. Non essendo dichiarato questo, non è stato dichiarato che dunque, in difetto delle leggi meccaniche per ora introvabili, non c'erano altri «primi principî» capaci di fornire una spiegazione benchè parziale, della vita, fuorchè le leggi più generali della sensibilità; e quindi non sono state cercate nè formulate queste ultime. E così, non essendo data una spiegazione meccanica, e non essendone data una psicologica, non ne è data assolutamente nessuna.

Poche altre osservazioni staccate. Nell'ultimo § dell'opera è detto, che nell'uomo civile va operando «una nuova (new) classe di equilibrazioni – quelle fra le sue azioni e le azioni delle società che esso forma (First Princ., § 135)». È impossibile che l'uomo sia mai vissuto isolato; di certo ha formato sempre delle «società»: ciò dimostrano i gruppi degli antropomorfi, le tribù, i gruppi, le famiglie dei più primitivi o degradati selvaggi attuali, i risultati della paleoetnologia. Nelle più vaste e civili società passate e odierne che può esserci di propriamente, cioè essenzialmente, nuovo? C'è dunque stata un'apparizione capricciosa, ex nihilo? Per differenze di numero e intensità di movimenti (tutto si riduce a questo) la qualifica di novità è almeno eccessiva: dal lato psichico poi la mancanza di novità è ancor più chiara, e poi il psichico non c'entra.

Per enumerare le «condizioni dell'ambiente» (sola causa di evoluzione), alle quali l'organismo umano «si è adattato, adatta e adatterà», si incomincia dalla civiltà, prodotta da «aumento di popolazione» Ma prima della civiltà non si era «adattato»? E come no, se la vita è «il continuo adattamento»? Non si era evoluto? E come no, se era passato per lo meno dallo stato animale a quello umano? E poi «i bisogni» nutritivi, allegati in seguito quale causa del progresso, non erano antichi quanto l'organismo, e stati una causa del suo progresso passato? Queste non paiono domande oziose: a p. 506 si riconosce, che «fin dal principio l'affollamento della popolazione è stata la causa prossima del progresso»; e prima (I, p. 409) si è respinta una causa prossima, perchè per ispiegare l'evoluzione bisogna «conciliare i fatti colle leggi universali della ridistribuzione della materia e del moto». Proseguiamo. «L'aumento della popolazione» è stato anch'esso un effetto delle «condizioni ambienti»? Deve essere stato, ma di quale o quali? In conseguenza dei capitoli precedenti, alla pag. 483 si dice: «Noi concludiamo dunque che nell'umana razza, come in altre, l'assoluta o relativa abbondanza del nutrimento... è accompagnata da un alto quoziente della genesi». E a pag. 487, per mettere d'accordo colla teoria il fatto, che i popoli civili, benchè più evoluti, si riproducono di più, e i selvaggi, benchè meno evoluti, si riproducono meno; se ne dà per ragione che i primi hanno più cibo dei secondi, e a pag. 489, che hanno «abitudini ed arti che rendono immensamente facile la vita»; facilitazione menzionata di nuovo alla pag. 503.

In porzioni, come nel complesso, nel periodo evolutivo, la vita è facile o difficile: se facile, come può esserci «l'eccesso di ricerca» e quindi «l'unico stimolo» a progredire, consistente nella vita difficile? Se difficile, come può esserci «l'alto quoziente della genesi», che è un effetto della vita facile? Se la troppa riproduzione e lo «stimolo» sono coesistenti, e quella ha per causa l'abbondanza, e questo la scarsità del cibo, ne segue che l'abbondanza e la scarsità sono coesistenti. I popoli civili progrediscono e i selvaggi sono immobili (relativamente però): se il «difetto di cibo» è davvero «l'unico stimolo», non è facile spiegare perchè non accada l'inverso. Non basta: l'A. stesso ha riconosciuto ciò non esser vero, e nelle Basi della Morale, come ho detto, e qui a p. 503, col dire: «anche quando sono liberi dalla pressione del bisogno, gli Europei dal grande cervello assumono volontariamente imprese ed azioni, che il selvaggio non compirebbe nemmeno per supplire a urgenti bisogni». Infatti in ogni grande società europea si hanno simili casi a centinaia di migliaia. C'è da aggiungere, che se le invenzioni, causa del progresso, non sono, in generale, l'opera della classe più favorita dalla fortuna, sono però l'opera di uomini molto meno esposti al «difetto di cibo» che non la classe infima: inoltre, nei paesi più civili la fecondità delle varie classi è in ragione inversa dell'agiatezza. E così in uno stesso popolo, i meglio nutriti generano meno invece che più, inventano più invece che meno; e i peggio nutriti fanno tutto il contrario. Ma del resto, non c'è che da richiamarsi quanto generale presso le classi più culte e previdenti sia l'uso delle reticenze sessuali, per vedere quanto la genesi apparente differisca dalla reale, per dire così, e come sia un termine inesatto per il cercato rapporto inverso tra l'individuazione e la Genesi.

A p. 483, per ispiegare come i contadini irlandesi, benchè peggio nutriti di quelli inglesi, si riproducano di più, si trova che presso i primi i matrimoni sono più frequenti e più precoci. Ora, questa frequenza e precocità sono o effetto esse stesse del nutrimento, o effetto d'altra causa: del nutrimento no, perchè è ammesso il dato di una peggior nutrizione; dunque d'altra causa. Dunque ci sono altre cause della genesi, cioè il nutrimento non è più la sola. Questo risultato parrebbe in contraddizione coll'assunto, e quindi la «conciliazione» del progresso umano colle «leggi universali della ridistribuzione del moto» parrebbe da rifare.

La conclusione da trarsi dalle soprascritte considerazioni, quando abbiano un valore, è questa: in fatto di cause meccaniche dell'attività cosciente, se perfino il maggior numero di esse, il più sottilmente cercato, sarebbe impotente a spiegare propriamente (questa è la questione); le grosse cause poi sono, per di più, difficili da accordare anche coi dati conosciuti.

Resta infine un altro lato del meccanismo Spenceriano, la cui inesattezza, se è vera, è importante l'indicare. Esso consiste nel porre i fatti in un modo per lo meno molto simile a quello che hanno sempre usato i teleologi. Certi fatti vengono posti come anteriori ai loro antecedenti e indipendenti da questi: ne segue che, come nelle concezioni teleologiche, ciò che è un puro conseguente, diviene, quantunque non dichiarato, uno scopo, una causa finale, e ciò che è un antecedente e una vera causa, diviene un semplice mezzo. Posso fare poche citazioni, ma forse sufficienti.

Princ. of Psych., I, p. 281: «Se la razza continua ad esistere, non può non sorgere, per la continua uccisione dei meno adatti, una varietà fornita di sentimenti, che servano come impellenti e repellenti nella nuova maniera che si richiede (required)». – «Le condizioni sono di continuo parzialmente mutate (nella vita sociale), le corrispondenti abitudini modificate e i sentimenti riadattati. Di qui tutta questa inconsistenza» (Ibid., II, p. 608).

Princ. of Biol., II, p. 501: «La maggiore massa di emozione necessaria (needed) come una fonte di energia per uomini che devono tenere il loro posto ed allevare le loro famiglie in mezzo alla crescente concorrenza della vita sociale, è, a parità del resto, il correlativo di un cervello più grande».

Le basi della Morale , p. 105: «Sono i piaceri e dolori per emozioni quelli che in grado considerevole sono privi di adattamenti ai bisogni della vita prodotti nella società: è di questi che il nuovo adattamento, nel modo mostrato, si fa lentamente per la gran difficoltà». – P. 119: «L'umanità, ereditando dalle specie inferiori simili adattamenti fra sentimenti e funzioni, che riguardano fondamentalmente i bisogni corporei, e quotidianamente costretta dai sentimenti perentorî a fare ciò che conserva la vita, e a fuggire quel che apporta morte immediata, è stata sottoposta ad un mutamento di condizioni smisuratamente grande ed intricato. Ciò ha in modo considerevole alterato la guida per sensazioni ed in un grado maggiore la guida per emozioni. Il risultato è che in molti casi i piaceri non sono connessi colle azioni che debbono essere compiute, nè i dolori colle azioni che debbono essere evitate, ma in modo contrario».

P. 160: «... Ascendendo dall'uomo nel suo stadio presociale all'uomo nello stato sociale, la formula deve comprendere un fatto addizionale... Poichè i desideri ereditari, che si riferiscono direttamente alla conservazione della vita individuale, sono perfettamente conformi ai bisogni, non v'ha bisogno d'insistere per la conformazione a quelli che aiutano alla propria conservazione. Per contro, perchè questi desideri eccitano attività che spesso entrano in conflitto colle attività degli altri, e poichè i sentimenti corrispondenti ai diritti altrui sono relativamente deboli; i codici morali inculcano quelle restrizioni sulla condotta che derivano dalla presenza degli altri individui». – P. 222: «La trasformazione della natura umana per ciò che sia conveniente alle esigenze della vita sociale, deve per avventura render piacevoli tutte le attività necessarie, mentre rende dolorose tutte quelle in opposizione a queste esigenze». – P. 224: «Mancanza di fede in tale ulteriore evoluzione dell'umanità, che metterà in armonia la natura di questa colle sue condizioni, è aggiungere un'altra prova alle altre numerose di una coscienza inadeguata della causalità» – P. 304: «In proporzione che l'umanità si approssima al completo adattamento della sua natura ai bisogni sociali, devono esservi minori e più piccole opportunità di prestar soccorso».

Dire che la natura umana dovrà «adattarsi» ai «bisogni sociali», non è altro che dare una soluzione arbitraria del vero e solo problema, senza averlo nemmeno posto. Infatti, come mai la natura umana dovrà «adattarsi» ai «bisogni sociali», il che implica che essa ne sia aliena? Perchè, se ne è aliena, di che altro mai, invece che della natura umana, sono bisogni i bisogni «sociali»? E se questi sono bisogni della natura umana, come mai essa ne è aliena? «Natura» di un essere sono le sue qualità e perciò anche i suoi «bisogni»; la realtà d'una società sono gli esseri che la compongono. Dunque i «bisogni sociali» sono i bisogni degli uomini = natura degli uomini = natura umana: dunque la natura umana si adatterà alla natura umana? Il fatto «società» non è un fatto formatosi indipendentemente dalla natura umana: la prova ce la fornisce la p. 161, in cui è detto: «Il vivere in comune ebbe origine, perchè, nella totalità, è provato più vantaggioso del vivere separatamente». E poichè le «emozioni» sono «natura», è chiaro essere impossibile che le società si siano costituite od ingrandite indipendentemente da emozioni, e lo dice chiaro il brano ora citato. Infatti che cosa può, all'infuori di queste, aver tenuto collegati e collegato gli uomini? Forse semplici sensazioni e pure rappresentazioni? Ciò è assurdo. Dunque, non perchè esistono per altre cause le società, vi è bisogno del mezzo «emozioni», ma bensì perchè vi furono emozioni, le società esistono; e perciò ancora, se la vita sociale dà luogo ad uso di emozioni, quest'uso è un effetto di emozioni anteriori.

Qui può suggerire l'obbiezione fatta dallo Spencer al Dott. Darwin e al Lamarck, e dirsi, che infine le cause ultime vanno cercate fuori e non dentro degli organismi. A ciò si deve rispondere, che va benissimo che si cerchino le cause esterne, ma non perchè queste spieghino come tali, giacchè le vere spiegazioni meccaniche non consistono se non nelle trasformazioni del moto, che sono ignote; e il dare serie di fatti esterni, intramezzandovi dei fatti psichici, è un metodo che ha l'inconveniente d'interrompere la serie psichica senza alcun profitto.

Se ho dovuto contraddire un uomo illustre, le cui fatiche, ad onta che mi sembrino in qualche parte inutili, non eccitano però meno la mia simpatia, è perchè vi ha un'opinione che io credo più probabilmente vera della sua, come tenterò dimostrare in un prossimo articolo; ed è per rinforzare codesta probabilità: è perchè io credo che tale opinione possa riuscire utile e bramo che riesca. Lo Spencer stesso ha detto, che l'uomo non deve riguardare la fede che porta in sè come un accidente senza importanza, e deve manifestare senza timore la verità suprema ch'egli scorge.

[1883].

III

Il sentimento è un «semplice aspetto»?

Varî positivisti definiscono il Sentimento quale un «semplice aspetto» della sensazione. Secondo il mio modesto parere, siffatta opinione che nega essere il Sentimento «un fatto a sè» e così ne scema l'importanza, seguendo le tradizionali vedute intellettualiste, ha bisogno di maggiori prove.

L'illustre Ardigò la espone anche in uno scritto recente . Vi si legge: «Una data sensazione è quella rappresentazione di essa, per la quale diciamo di conoscerla». Si può osservare che una cosa è quello che è, non meno e non più: riesce quindi inconcepibile che la sensazione sia anche più di sè stessa, cioè anche la «rappresentazione» di sè stessa. Qui è implicata una questione di ovvia soluzione bensì, ma non perciò nota universalmente, data già da altri e da me, ossia questa: Se i fatti psichici non fossero essenzialmente, immediatamente coscienti, non s'intende come potrebbero divenire tali, perchè, se un primo fatto avesse bisogno di un secondo, non c'è ragione per cui questo non avesse bisogno di un terzo, e via all'infinito. Una sensazione non può essere che un modo di coscienza, e perciò, se una mia sensazione mi è nota solo per mezzo di una «rappresentazione», di quale altra coscienza è essa un modo?

Si dice la sensazione essere un «fatto unico», ma che vi si trovano gli «aspetti» di conoscenza, di sentimento e talora anche di volontà. Abbiamo dunque un fatto uno e trino, e tale concetto lo si appoggia ad un paragone, quello di una nota musicale, in cui si hanno l'altezza, il timbro e l'intensità . Osserviamo che nella nota almeno l'altezza e l'intensità, sempre si verificano in qualche grado e quindi sono inseparabili, mentre nella sensazione l'elemento conoscitivo spessissimo va disgiunto da quello sentimentale. Questa incostanza di simultaneità distrugge evidentemente la tesi in parola. Si cerca di rimediarvi, dicendo che anche un odore non è un sapore, giacchè ora gli è unito, e ora no ; ma ciò prova appunto contro la tesi, perchè, se C ora sta insieme, e ora no, con B, è impossibile negare che sia un fatto distinto.

Si soggiunge: «La diversità addotta dell'accompagnamento dipende dalla concorrenza di una seconda sensazione ecc.». Dunque 1° «l'accompagnamento» esiste, 2° e varia. Inoltre, non essendoci condizioni del nulla, il dire che il Sentimento ha delle condizioni serve forse a dimostrarlo inesistente?

Più avanti si dice che, se un dolore si verifica, «si ha la sensazione di quel dolore; e così non si può più dire, che si ha l'anestesia nel senso degli oppositori, cioè il dolore senza la sensazione» . In ciò vi ha equivoco, venendo chiamata «sensazione» la coscienza del puro fatto sentimentale, mentre fin allora quel nome era applicato ai fatti intellettivi. Inoltre vi riappare la complicanza di concetto già su indicata, poichè vengono dati come distinti il dolore e la sensazione del dolore.

Si soggiunge, che il verificarsi di una sensazione senza dolore «si spiegherebbe... con ciò che la sensazione non ha raggiunto la intensità occorrente perchè riuscisse dolorosa ecc.» . Anche qui pare che la spiegazione di un fatto (assenza del dolore) abbia da servire a dimostrarlo inesistente.

Viene usato un altro paragone: in una verghetta metallica, a qualunque grado riscaldata, non si ha che riscaldamento, al che è analogo quanto avviene nella sensazione, qualunque sia il grado del sentimento, «o piacevole, quando il funzionamento è normale e ravvivante, o doloroso, quando è patologico e nocevole.» . Il divario tra i due casi è assoluto: col sopravvenire del Sentimento non varia già il «grado» di un fatto, ma il numero dei fatti, poichè non se ne ha più uno solo, quello conoscitivo, ma se ne hanno due; anzi talvolta tre, essendo per la coscienza e il Piacere e il Dolore, da un certo punto in là, i fatti più contrarî che esistano.

Degnissimo di nota è poi qui il concetto teleologico, esplicato anche in altre opere dello stesso illustre filosofo, e comune tuttodì a gran parte dei pensatori. Io l'ho combattuto più volte, mostrandone le contraddizioni, come nessuno, forse, le ha mostrate. Qui accenno: I fatti psichici, irreduttibili al movimento ed uniche nostre cognizioni, non possono venire spiegati da altri fatti. I teleologi non capiscono che il male, contro cui credono che il dolore protegga, non è altro esso stesso che dolore. Un dolore, non essendo utile coll'evitare nè un piacere nè un dolore minore od eguale, non è utile che nel solo 4° caso possibile, cioè come evitante un dolore maggiore: questo non essendo a sua volta evitante, è per definizione inutile e gratuito.

Siffatto ragionamento, benchè, o forse perchè, semplicissimo, non si è mai pensato a farlo; e così l'esistenza del Sentimento fu, è, e sarà spiegata con cause finali, cioè, in fondo, con l'ipotesi di creazione, che molti filosofi rigettano bensì, ma contraddicendosi.

I fatti psichici, e massime quelli del Sentimento, dànno, e non ricevono, spiegazioni. Credere di assegnarne delle ragioni significa semplicemente questo: non capire che le ragioni sono esse stesse fatti psichici.

Tornando alla questione principale, non giova alla chiarezza lo scambio del nome «sensazione», applicato ora allo stato complesso, risultante dai tre cosidetti «aspetti», e ora ad uno di questi, cioè al fatto conoscitivo . È contraddetto dalla realtà che sensazione e sentimento vengano dimostrati «il fatto medesimo» dal loro variare simultaneo : ad es., la sensazione di luce è quasi sempre «distinta», ma senza ombra di dolore; e qualunque osservatore, e l'A. stesso , riconosce che il dolore si presenta solo a una data intensità della sensazione.

Mancando lo spazio, notiamo solo ancora che, se il Sentimento non si accetta come «un fatto a sè» perchè meno importante della conoscenza, bisogna dimostrare l'affermativa del quesito: Vi ha qualche importanza, che non consiste in Sentimento? E per porre un altro quesito, la questione non si schiarirebbe, per caso, col dire che la sensazione è uno stato «unico», perchè confuso, finchè non arriva l'attenzione, che ne distingue gli elementi; così che si ha o lo stato confuso e non gli «aspetti», e gli «aspetti» e non lo stato confuso?

L'importanza del Sentimento è tuttora generalmente ignota, sebbene dovrebbe esser chiaro che il Dolore è la più reale della realtà, quella che ogni essere fugge a tutta possa, e quasi chiaro che è quella, da cui ogni azione più o meno cosciente viene spiegata. Ma l'uomo è animale mitofilo in Psicologia come in altre scienze d'osservazione; e così in Morale, in Educazione, in Sociologia, ecc. le spiegazioni dell'agire, e quindi niente meno che dell'evoluzione, del progresso, si fanno consistere in pure frasi, perchè espressione di condizioni, se mai, remote, ad es. «ideali sociali», «socialità del pensiero», «ambiente» ecc. ecc. Non si capisce, cioè, che una spiegazione non è tale, se non indica la causa prossima perchè, in una serie di fatti, finchè si lascia una lacuna tra A e T, quest'ultimo non è davvero spiegato, stante che avrebbe luogo in assenza della causa, e non verrà mai spiegato finchè non si troverà il suo antecedente costante e immediato S.

Io mi sono dedicato alla ricerca degli antecedenti psichici dell'agire, e ho trovate due generalizzazioni, la cui importanza si direbbe manifesta e che sono le seguenti: L'azione più o meno cosciente ha un solo antecedente costante e immediato che è il Dolore; L'azione è sempre diretta a far cessare lo stato attuale. Tutte le obbiezioni nascenti da dottrine contrarie, e quelle direttemi appositamente, finora sono state risolte. Il valore delle dette sintesi non è riconosciuto attualmente, perchè la mitologia prevarrà sulle spiegazioni fondate nei fatti, durante un mezzo secolo ancora, se non più, ma non posso credere che non debba venire, un giorno, riconosciuto.

[1905].

IV

La psiche ha origine da bisogni?

Ignorare, lusingandosi di sapere, non è uno stato desiderabile. Da ciò la necessità di discutere per eliminare le false soluzioni di problemi. Queste sono spessissimo il portato di uno dei più grandi traviamenti del pensiero, quello consistente nel prendere le parole per fatti. Lo scritto presente è appunto rivolto contro una soluzione, la quale, una nella sostanza, malgrado le diverse forme dell'espressione, gode oggi gran favore presso la parte più numerosa dei pensatori, ma che, a parere dello scrivente, è una soluzione puramente verbale.

Nel buon tempo antico l'esistenza del mondo aveva ricevuta una spiegazione che contentava, o presso a poco, tutti, o presso a poco: Il mondo c'è perchè qualcuno lo ha fatto. Questa spiegazione, essendo ricavata dai più facili processi e da tendenze quasi irresistibili del pensiero umano, per necessità appagò, come continua ad appagare, il numero senza confronto maggiore delle menti. Non mancarono tuttavia in passato, e divengono ogni giorno più numerosi, i pensatori che cercarono e cercano una soluzione per vie diverse dalla su indicata, e basti nominare l'Evoluzionismo. Questa teoria ha il più razionale, perchè il solo razionale, degl'intenti, che è di trovare spiegazioni naturali per ogni categoria di fenomeni, spiegazioni cioè ricavate da fatti conosciuti.

Tra i fenomeni da spiegare essendoci anche quelli della Vita, per noi tanto più importanti degli altri, bisognava rendersi conto anche di questi; e a ciò si procede come si può, ossia come lo permette lo stato delle cognizioni. Tra i fenomeni poi della Vita essendovi quelli psichici, si fa ogni sforzo, anche per una giustificabile reazione contro le deficienti dottrine tradizionali, a fine di ricondurre, a lor volta, i fatti psichici a spiegazioni naturali. L'intento è innegabilmente da approvare, salvo però sempre il vedere se e quanto le soluzioni che vengono presentate appaghino.

Delle questioni concernenti i fatti psichici viene considerata, nei riguardi filosofici, come la principale quella della loro origine, del come e perchè della loro esistenza; e intorno ad essa non manca, necessariamente, di travagliarsi la mente dei pensatori. Il più dei quali, continuando ad essere dominati dalle tendenze materialiste e meccanistiche della fase attualmente dal pensiero attraversata, considerano come più importante la esistenza e conservazione delle masse di materia organizzata che non i fatti psichici, e considerano, per conseguenza, questi ultimi come aventi la loro ragione di essere unicamente nel servire di mezzo a dare appunto il risultato materiale della conservazione degl'individui e delle specie.

Quindi i filosofi scienziati che pensano a questo modo, ripetono esattamente il concetto della vecchia filosofia (salvo il non ammettere la natura spirituale e i destini ultramondani già da quella attribuiti alla psiche dell'uomo), adottando necessariamente, anche se alquanto inconsciamente, la teleologia necessaria ed esplicita di quel concetto.

Questa essendo l'opinione che ha lo scrivente circa l'interpretazione biologica dei fatti psichici, egli vi si è opposto, già molti anni or sono, col fare una critica del concetto della Vita secondo H. Spencer (Principles of Biology) e poi quella del concetto fondamentale dell'opera L'origine dei fenomeni psichici e loro significazione biologica, dell'illustre antropologo Sergi, nonchè in altri suoi lavoretti .

Nell'opera del Sergi escita di recente, La psiche nei fenomeni della vita (Torino, Bocca, 1901), il concetto è ancora il medesimo, esposto in quella indicata di sopra e che dallo scrivente fu criticato. Ciò è affermato dal Morselli nella recensione da lui fatta dell'opera recente in questa «Rivista» (Vol V, 1901, p. 493), e d'altronde risulta dalla conclusione, che in prova dal Morselli viene riportata e in cui si dice: «Dallo svolgimento della vita animale in forme e in caratteri più complicati e dai nuovi bisogni della conservazione, sorge la psiche come un mezzo o un organo di protezione» (p. 221).

Non indugiamoci, chè sarebbe superfluo, a rivelare l'importanza della tesi, e rivolgiamoci subito ad esaminare se sia dimostrata e dimostrabile.

Dicendo che B «sorge» da A, si dice che A è antecedente e B è conseguente. Dunque i «bisogni della conservazione» sono preesistiti alla «psiche». Notiamo poi che manifestamente «conservazione» e «protezione» significano lo stesso fatto. Ebbene: se ammettiamo la protezione come avente avuta una reale esistenza prima della psiche, cadiamo in una contraddizione evidente, facendo esistere un fatto prima, quindi senza, del suo «mezzo», cioè della sua condizione. Dunque la protezione non ebbe un'esistenza reale anteriormente alla psiche. D'altronde la psiche è, invece, un fatto reale; e allora, come spieghiamo che il reale «sorga», cioè riceva l'esistenza, dall'irreale e inesistente? Ci siamo rinchiusi fra due necessità nonchè impossibilità, caso strano fra gli strani.

Bisogna cercare da altra parte. Quando un fatto non esiste realmente, non può avere che un solo altro modo di esistenza, cioè quello ideale. Orbene, questo modo di esistenza esige una mente, ossia appunto una «psiche», ossia una psiche è l'antecedente ed esso è il conseguente. In fatto non ci potè essere alcun Protozoo, e nemmeno alcun Artropodo, che concepisse l'idea della protezione e che creasse il «mezzo», cioè la «psiche», in tutta l'altra materia zoomorfa, allo scopo di effettuare la protezione; ma ci fosse anche stato, codesta idea presuppone la «psiche» almeno in quell'unico Protozoo od Artropodo, tutt'all'opposto della tesi. Dunque il supporre che la «protezione» sia preesistita alla «psiche» anche solo idealmente, è di nuovo impossibile.

Avviciniamoci di un passo al nucleo della questione. Sarebbe vano l'osservare che l'origine della psiche è posta non nella «conservazione» o «protezione», ma bensì nei «bisogni della conservazione», e ciò essere molto diverso, perchè affermare il «bisogno» di una cosa è affermare implicitamente che la cosa non esiste, di modo che l'ordine dei fatti è questo: bisogni della conservazione – psiche – conservazione (effettuata). Sarebbe vano in forza delle difficoltà seguenti. Se furono sentiti (dalle roccie, dall'acqua, dai gas?) i «bisogni della conservazione», ciò implica essersi anche verificata la rappresentazione, l'idea della conservazione, giacchè se tale rappresentazione, sia pure confusa, non si fosse avverata in quei bisogni, essi sarebbero stati bisogni di quanto altro si voglia, ma non mai della «conservazione»: ora abbiamo già rilevato che un'idea presuppone una psiche, tutt'al contrario della tesi. Nondimeno concedasi anche non aver avuto parte in quei «bisogni» alcuna idea, immagine, sensazione, insomma alcun fatto intellettivo: ciò equivale a dire che quei «bisogni» consistettero in soli fatti del Sentimento, fatti che, nel caso dei bisogni, sono un fatto, cioè il Dolore, prodotto da mancanza, da privazione, il dolore cosidetto negativo. Ebbene, come non vedere che, perchè il dolore sia sentito, ossia esista, occorre, tal quale come per il formarsi di un'idea, l'esistenza di una «psiche»? Dunque, di nuovo, affermare che i «bisogni della conservazione» precedettero la «psiche» equivale ad affermare che la psiche precedette la psiche.

Facciamo un altro passo, che è anche l'ultimo possibile, e diciamo che i «bisogni della conservazione» consistono in puri fatti obbiettivi, meccanici, il che toglie di mezzo l'assurdo di far preesistere la psiche alla psiche. Ma pensiamo bene: ci poniamo così nella necessità di mettere carte in tavola quanto a meccanica molecolare di protoplasmi; nella necessità perciò di enumerare e dimostrare col calcolo quante sorta vi hanno di movimenti molecolari in quelle sostanze, e fra le varie sorta sceverare quelli, in cui affermeremo consistere i «bisogni della conservazione». Tale assunto è semplicemente impossibile, giacchè fino ad oggi ogni meccanica molecolare è ignota. Ecco dunque una prima impossibilità.

Ma non basta. Affermati i «bisogni della conservazione» come consistenti in movimenti, siccome abbiamo posto che la psiche «sorge» da quei «bisogni», saremo costretti a dimostrare come tali movimenti si trasformino per produrre una sostanza inestesa (vero assurdo), se ammetteremo la psichesostanza, cioè la psiche avente un'esistenza reale e distinta dai fatti psichici; e anche se non ammetteremo la psiche reale, saremo per lo meno costretti a dimostrare come tali movimenti si trasformano per produrre i fatti psichici, e come questi non siano, perciò, essi stessi altra cosa che movimenti. Ora non dobbiamo dimenticare che quest'ultimo assunto è riuscito finora inattuabile ai moltissimi pensatori che vi si sono provati; e quindi, coll'incaricarci di dimostrare 1.° la trasformazione dei «bisogni»movimenti in fatti psichici e 2.° la riduzione di questi fatti a movimenti, ci caricheremo di una seconda e terza impossibilità.

È facile immaginare che qui si opponga: Il pretendere che si conoscano movimenti molecolari e si dimostrino le loro trasformazioni, è una pretesa soverchia ed ingiusta, giacchè in questioni della natura della presente non si è mai usato averla. A ciò può rispondersi: Ebbene, rinunciamovi, e basti che venga dimostrato come dei fatti qualunque, tra quelli grossolani che conosciamo, a un dato stadio della Vita abbiano costituito dei «nuovi bisogni della conservazione» e come da questi «bisogni» sia sorta la psiche.

Per attenerci ai fatti importanti scegliamo quelli chiamati appunto «bisogni» e tra questi il più imperioso, quello della nutrizione. Si comincia con una difficoltà. Viene negata la coscienza agli organismi unicellulari e si rende perciò necessario il domandarsi: Come mai il trasformare della materia esterna, che fu non meno indispensabile ai Citodici di quello che è ad un Mammifero, soltanto dopo che esistettero, per esempio, delle Spugne, diventò un «nuovo bisogno della conservazione»? Che un fatto già più o meno antico sia venuto ad assumere, a un tratto, la qualità di bisogno «nuovo», è una tesi, la cui dimostrazione dovrebbe impensierire chiunque. Tuttavia concediamo e proseguiamo, giacchè delle difficoltà ne restano da sormontare ben altre.

È inammissibile che l'unione di un attributo ad un soggetto si possa operare a caso, poichè ciò varrebbe quanto negare l'essenza stessa dell'intelligenza. Quindi, se immaginiamo di aver che fare coll'antozoide di uno dei primi Coralli (tanto per prendere un esempio), il cui sacco gastrico sia vuoto, possiamo eseguire la pretesa unione di attributo al soggetto, dicendo: Il sacco gastrico vuoto è un «nuovo bisogno della conservazione»? La chiarezza di questo giudizio non è grande. – Ma il bisogno sta anzi nel fatto opposto, cioè nell'essere il sacco gastrico pieno. – Benissimo, e allora diciamo: Il sacco gastrico pieno è un «nuovo bisogno della conservazione». La chiarezza non è cresciuta, ed è anche naturale che sia così. Invero qual fatto è designato dall'attributo in questione? O lo stesso in cui consiste il soggetto, o un altro. Se lo stesso, noi veniamo a dire, che il sacco gastrico pieno, è il sacco gastrico pieno, proposizione dalla quale, come da quella generica, che T è T, non si ricaverà mai una conseguenza qualsiasi; se poi intendiamo un altro fatto, bisogna che sappiamo bene quale sia questo altro fatto, per evitare il caso di cadere in un assurdo coll'affermare che T è Z.

Un sacco gastrico pieno è un sacco gastrico pieno, come uno vuoto è uno vuoto. Aggiungiamo pure, che nel primo è entrata della materia, la quale poc'anzi stava fuori dell'organismo, e che nel secondo invece non è entrata; che quindi quella materia ha mutato di situazione nello spazio, ecc. Ma questi fatti sono questi fatti, e in essi non c'è proprio niente altro da doversi definire «nuovo bisogno della conservazione».

Si dirà che il verbo è non significa sempre l'essenza, ma anzi spesso dei rapporti molto varii, secondo i casi, tra i fatti. Ed è vero. Senonchè, trovandoci noi, in forza dell'ipotesi, rinserrati entro fenomeni puramente organici, fisiologici ed obbiettivi, quindi trovandoci costretti a non designare con quell'attributo null'altro fuorchè un fenomeno di quella sorte, segue che il verbo è non potrà significare niente altro se non un rapporto tra il fattosoggetto e il fattoattributo, rapporto che non può essere se non di antecedente o conseguente o concomitante. Supponiamo un rapporto di antecedente, come quando si dice: la vostra passeggiata quotidiana è la vostra salute, e che, ad esempio, il fattoattributo consista in una distribuzione dei materiali nutritivi più rapida di quella avveratasi negli organismi anteriori. Ma perchè il sacco gastrico pieno è susseguito da una più rapida distribuzione ecc., possiamo noi affermare che questa più rapida distribuzione ecc. è un «nuovo bisogno della conservazione»? È chiaro che la questione già presentatasi per il fattosoggetto si ripresenta per quello, che abbiamo supposto suo conseguente, come si ripresenterebbe per qualunque altro, supponessimo suo antecedente o conseguente, per quanto vicino o lontano.

Invero qualsiasi fatto obbiettivo, nel caso nostro, deve e può, in quanto è conosciuto, venire espresso in termini dei linguaggi geometrico, meccanico, fisico, chimico, anatomico, istologico, fisiologico; e quando di esso sarà stato detto quanto può dirsi, non sarà mai possibile che resti ancora qualcosa di inesprimibile coi termini di quei linguaggi e consistente nell'essere un «nuovo bisogno della conservazione», perchè nessuna delle scienze cui quei linguaggi appartengono, conosce fatti di una natura diversa da quella di tutti gli altri formanti il suo dominio, e diversa perchè essi sono «nuovi bisogni della conservazione». Quindi, se non potremo unire l'attributo in questione ad alcun fatto particolare, ma saremo costretti sempre a rimandare questa unione ad un conseguente od antecedente che non si troverà mai, è chiaro che non ci sarà mai possibile di arrivare a dire: i fatti A, B, C... sono i «nuovi bisogni ecc.» nè perciò a dire: i «nuovi bisogni ecc.» sono i fatti A, B, C...; e non potendo arrivare a questa ultima affermazione, è chiaro che la nostra tesi sarà spacciata.

Sarebbe poi superfluo il rilevare che non possiamo neppure far uso del verbo è nel senso in cui si dice: la Terra è un pianeta, dal momento che non arriviamo a trovare nemmeno il primo componente della supposta categoria di fatti costituenti i «nuovi bisogni ecc.».

D'altra parte consideriamo bene. Li conosciamo davvero i fatti obbiettivi, specifici, precisi, dai quali supponiamo che «sorge la psiche»? Non possiamo rispondere coll'affermativa, perchè non saremmo creduti. Se li conoscessimo per davvero, avremmo compiuto ciò che per ora sarebbe un vero miracolo ed è quindi cosa incredibile; e poi, come allora spiegare che invece d'indicare specificatamente quei fatti, siamo ricorsi ad una pura frase, quale è quella di «nuovi bisogni ecc.»? Siamo ricorsi a questa pura frase, evidentemente teleologica: dunque i fatti, dai quali supponiamo uscir fuori la «psiche», non li conosciamo. E ciò essendo, facciamo davvero opera di scienza e di filosofia col dare, in luogo di una dimostrazione di fatto e rigorosa, delle pure e semplici parole?

Dunque, in conclusione, che in un periodo qualunque dello svolgimento della vita animale siano esistiti fatti obbiettivi, che, oltre essere tali, fossero anche «nuovi bisogni della conservazione», si può bensì affermarlo, come affermare un circolo quadrato, ma dimostrarlo non mai.

Per conseguenza sarà più saggio tornare sui nostri passi e, rinunziando alle ambizioni meccanistiche, tornare ad attenerci al significato usuale, cioè psichico, di «bisogni». Senonchè abbiamo dovuto toccar con mano che ci è preclusa anche questa via, preclusa niente meno che dall'assurdo su dimostrato: La psiche è preesistita a sè stessa.

Non vi ha più dunque che un'uscita: la «protezione» ebbe un'esistenza ideale anteriormente alla «psiche»; e poichè non l'ebbe nella mente di alcun essere senziente, stante l'assurdo che la psiche abbia preceduto sè stessa, non potè averla che in una mente estranea ed anteriore alla vita, od almeno alla psiche, animale. Ecco dunque il risultato e il fondo di alcune concezioni odierne, che, per non si sa quali favorevoli combinazioni di ottica mentale, vengono credute e giudicate originali e nuove: tornare ai preistorici idoli antropomorfi di una Natura, di una mente creatrice e simili. Dunque il concetto biologico dei fatti psichici fa fare al pensiero umano questo gran passo, di tornare a recitare la teleologia di Aristotele, della Scolastica e poco meno che di tutti quanti. La svista in cui cadono i teleologici, è senza dubbio una delle più degne di nota fra quante se ne incontrano nel faticoso avanzarsi dell'intelligenza entro la buia selva delle cose. Dall'osservazione interna ed esterna di continuo si ricava come i fatti psichici promuovano le azioni, che, in un certo numero di casi (ben lungi dal riuscire a ciò costantemente!), soddisfano i bisogni ed impediscono i danni o la morte degli esseri animati. Il teleologo, che è in cerca di una spiegazione, si pone necessariamente quei risultati come scopo e, non conoscendosi altro mezzo a raggiungerli, pone la «psiche» come «mezzo»; quindi, dall'aver luogo tali rapporti nel suo pensiero egli ne conclude essersi verificati codesti medesimi rapporti nella realtà, ossia all'origine, ovvero in uno degli stati primitivi, della Vita. È singolare e non poco, che non si scorga esservi qui un'illusione, ed illusione evidente. In che si è trovata la prova dell'essere i rapporti tra i fatti stati nella realtà quelli stessi, che hanno luogo nella mente dei teleologici? Questi hanno esplicitamente affermata cotale identità quando hanno creduto di spiegare il mondo e la Vita mediante l'ipotesi creazionistica; e almeno, salvo il valore dell'ipotesi, in tal modo erano logici. Ma quest'ultimo attributo, nemmeno condizionato qual'è, non può riconoscersi nei teleologici inconsci, come possono qualificarsi, quegli scienziati filosofi, che cercano di spiegare la Vita mediante un'ipotesi contraria a quella di creazione, ossia mediante quella evoluzionistica; giacchè essi suppongono degli scopi e dei «mezzi» senza supporre, al tempo stesso, in modo esplicito, una mente (cioè sempre «psiche»), in cui quegli scopi e «mezzi» siano stati concepiti, voluti, preordinati; nel che vi ha altrettanta logica quanta ve ne sarebbe in un astronomo il quale, scoperti nella luna, ad esempio, delle città, dei canali, delle strade, li considerasse come semplici giuochi delle forze brute naturali.

Riepiloghiamo, avvertendo essere qui investito il concetto biologico dei fatti psichici, qualunque d'altronde siano le forme, in cui venga espresso.

La «protezione» e la «psiche» vennero all'esistenza o indipendentemente o no. Se indipendentemente, il caso contraddice l'ipotesi.

Se no, i casi sono due: I. protezione causa della psiche; II. psiche causa della protezione.

I: Si riesce è vero, ad assegnare una causa alla psiche; ma come pretendere, allora, che questa sia venuta all'esistenza a fine di produrre la protezione? Una figlia non diventerà mai la madre di sua madre. Anche questo caso contraddice l'ipotesi.

II: Si ottiene bensì che la psiche sia causa, «organo», «mezzo» della protezione, ma essa non ha più causa, non «sorge» da nulla. E anche questo caso contraddice l'ipotesi.

È vero che in questa si fa sorgere la psiche non propriamente dalla protezione o «conservazione», ma dai «bisogni» di essa. Però, se codesto caso non contraddice l'ipotesi, contraddice la logica, perchè, essendo indimostrabile che dei «bisogni» consistano non in una previsione, ma in fatti obbiettivi, si viene a supporre che dei fatti psichici abbiano prodotta la «psiche», ossia prodotti i fatti psichici; di modo che a sua volta questo caso deve escludersi.

Ora i casi possibili sono qui esauriti, e l'ipotesi non ha più dove fermare il piede, quanto dire che, se il ragionamento è preciso l'ipotesi è dimostrata impossibile.

Le rimane bensì un rifugio, quello già di sopra indicato: La «protezione» è conseguente della «psiche» obbiettivamente, ma l'ha anche preceduta idealmente, perchè suo scopo, sua causa finale. Senonchè allora, poichè nessun bioteleologo può dire di essersi trovato all'origine delle cose e di avere fabbricati di sua mano i fatti psichici dell'animalità, eccoci caduti nell'ipotesi di creazione. Questa l'accetti chi si sente di sostenerla contro le formidabili obbiezioni che le si possono rivolgere, ma intanto non dimentichi il seguente curioso risultato: si è scritta ormai una intera biblioteca a fine di sostituire l'ipotesi di evoluzione a quella di creazione, e poi si finisce coll'accogliere quest'ultima. Ora, non viene con ciò dichiarata irrita e nulla tutta la biblioteca evoluzionistica?

[1902].

V

Dolore e azione

Herbert Spencer ha scritto, che l'uomo non deve riguardare la fede che porta in sè, come un accidente senza importanza, e deve manifestare senza timore la verità suprema che egli scorge. Ebbene, io nel venir qua a parlare, mi conformo appunto a questa sentenza.

Cominciamo dal porci il quesito seguente: Perchè si agisce?, quesito che secondo gli umori, può venire giudicato un'ignoranza, un'ingenuità, una bizzarria, una sciocchezza, una cosa da far ridere, senza che tutto ciò valga a dimostrarlo indegno di una risposta, nè soggetto ad una facile risposta. Il ridere, già, non ha mai dimostrato nulla, quando è troppo anticipato, e basti rammentare le lezioni di ballo, che si dissero date dal Galvani alle ranocchie. Anche della mia tesi principale tanti anni fa un antropologo disse, che faceva ridere; giudizio da me accolto con perfetta indifferenza e il quale non ha impedito che quella tesi da uomini di un reale valore fosse considerata meritevole di esame e da taluni anche accettata.

È quasi impossibile trovare chi non pensi che la risposta al quesito su espresso è notissima e indubitata, cioè questa: Le cause dell'agire sono innumerevoli. Or bene, la mia opinione è la più diversa possibile, perchè è, invece, quest'altra: L'agire ha una sola causa.

Vediamo se ci si può intendere, almeno in parte, malgrado che la materia sia difficile e il linguaggio stesso una fonte di malintesi.

In che consistono le azioni e l'agire? Consistono in movimenti. Questi dànno luogo a determinate sensazioni, le quali però non si verificano soltanto in occasione dei movimenti effettivi, ma anche senza di essi, benchè in uno stato attenuato, cioè quando le chiamiamo riprodotte. Esse concorrono per una parte rilevantissima a costituire, tra i fatti psichici, la classe di fatti denominata intelligenza. Tutti i divarii di intelligenza, così fra gli animali come fra gli uomini, non risultano perciò da altro che da divarii di numero, prontezza, e vivezza delle sensazioni riprodotte, e quindi delle loro aggregazioni, dette immagini, idee, giudizii, raziocinii. Con ciò veniamo a riconoscere che di azioni non vi hanno soltanto quelle consistenti in movimenti effettivi, che producano mutamenti reali nel mondo esterno, ma vi hanno altresì quelle ideali, costituite da rappresentazioni dei movimenti e delle loro conseguenze. L'agire idealmente ha una frequenza proporzionale al grado d'intelligenza, ed è perciò frequentissimo, continuo nell'Uomo.

Che l'agire abbia delle cause, è inutile dirlo. Ne ha prima di tutto di quelle obbiettive, fisiologiche, essendo le contrazioni muscolari l'effetto di movimenti molecolari della sostanza nervosa, prodotti in questa da trasformazioni chimiche; di maniera che e i movimenti di un organismo e l'organismo stesso non sono, infine, altro che trasformazioni e modi di essere del mondo ambiente, o della cosidetta Materia. Ma la meccanica molecolare è talmente ignota a tutt'oggi, che nessuno è in grado di spiegare con essa nemmeno la più semplice azione di uno dei più semplici esseri senzienti. Quindi non dobbiamo nè possiamo occuparci di quest'ordine di cause, ma bensì di quell'altro, noto agli uomini probabilmente fino dal loro stadio preumano, cioè di quello delle cause psichiche dell'agire. In questa sorta di cause risiede ogni spiegazione delle azioni sì degli animali che degli uomini, ogni spiegazione, cioè, che sia stata e sia, fino ad oggi, possibile.

Ma che cosa s'ha a intendere per causa? Nei libri di filosofia e di logica se ne tratta lungamente, senonchè noi dobbiamo andare, invece, per le corte. Io mi sono formato un concetto, che è questo: Causa è un antecedente costante e immediato; costante, perchè l'effetto non deve potere mai aver luogo in sua assenza, e immediato per la stessa ragione. Vi sarebbe forse qualche altro requisito necessario? Io non oso negarlo ma intanto notiamo che i due da me indicati, costante e immediato, sono di una evidente necessità. Ad essi furono fatte delle obbiezioni, e fatte da un eletto ingegno: senonchè io vi ho risposto, se non erro, in modo esauriente. Mi fu anche obbiettato che il mio modo d'intendere la causa, trattandosi di fatti psichici, era troppo materiale; ma siccome questi fatti richiedono tempo al pari di quelli obbiettivi, cioè dei movimenti, domando che cosa ci sia di materiale nell'intendere che il fatto psichico, per produrre un'azione, ossia un movimento, debba essere presente: se è passato e cessato, se non è più ben inteso, anche sotto la forma di riprodotto, chi spiega come il nulla possa produrre qualche cosa? Nel bambino che allontana la mano da un oggetto tagliente, non ha bensì luogo il dolore periferico altra volta provato, ma quello centrale, suscitato dalla reminiscenza, è presente e come! La controprova è poi qui: non di rado siamo costretti a dirci che siamo ricaduti in un medesimo sbaglio; e questo perchè? Perchè la nostra azione non solo non è stata preceduta dal dispiacere o dolore effettivo, altra volta cagionatoci da codesta azione sbagliata, ma nemmeno da quello, che la memoria poteva provocare: di modo che, avendosi la mancanza assoluta della causa inibitoria, si è avuta la mancanza dell'inibizione (donde il ripetersi dell'azione sbagliata).

Ora investighiamo quali siano, tra i fatti psichici, le cause dell'agire. Anche le più moderne teorìe psicologiche riconoscono tre classi di fatti psichici, ossia Intelligenza, Sentimento e Volontà. La prima consta dei fatti rappresentativi, o della conoscenza, dalle sensazioni più semplici fino ai più complicati loro composti. La seconda, per parere unanime, consta del Piacere e del Dolore, dei Bisogni, delle Tendenze, degli Appetiti, degli Affetti, delle Passioni, delle Emozioni e d'altro e d'altro ancora, giacchè, per comporla, si è spogliato il dizionario. Ebbene, quel parere unanime, come ho cercato di provare in alcuni miei scritti, è conseguenza di un errore di classificazione, strano davvero in psicologi e filosofi, cioè nei maestri di logica, eppure quasi evidente. Nessuno, a quanto pare, lo aveva rilevato prima di me.

Eccone la dimostrazione. All'infuori del Piacere e Dolore, fatti semplici e inanalizzabili, gli altri pretesi membri della Classe sono stati composti, come risultano dalle analisi fattene da poeti, romanzieri e psicologi, e dalle quali apparisce che constano di sensazioni, immagini, idee, cioè di fatti dell'intelligenza, accompagnati da Piacere o da Dolore. Ciò posto, che cosa ne segue? Che le parti rappresentative (sensazioni, immagini ecc.) degli stati in parola sono una pura ripetizione dei fatti già collocati nell'Intelligenza e che le parti sentimentali (cioè Piacere e Dolore), degli stati medesimi sono una pura ripetizione del Piacere e Dolore già collocati al primo posto nel Sentimento. Ora, essendo un errore, in una classificazione, il ripetere, giacchè equivale ad affermare diverso ciò che è identico, se noi cancelliamo così le parti rappresentative come quelle sentimentali degli stati in questione (cioè dei Bisogni, degli Affetti, delle Emozioni ecc.), che cosa vediamo? Che sono rimasti il Piacere e il Dolore, ma tutti gli altri sedicenti fatti sono spariti.

Si dirà forse: Ma come? Vorreste negare la realtà dei Bisogni, delle Emozioni ecc.? E rispondo: Mi guardo bene dal negare la realtà di tali stati nella realtà (si scusi il bisticcio), ma la nego nella logica e nella classificazione, una volta che gli psicologi stessi li hanno disfatti e hanno messo da parte i loro componenti: l'ammetterò quando mi si dimostri che un tutto, anche dopo sottrattegli le sue parti, continua ad esistere.

I nomi degli Appetiti, degli Affetti, delle Passioni ecc. sono invenzioni del volgo, create da un'assoluta necessità, ma necessità di ordine pratico (dire che si ha fame per ottenere del cibo, che si sente amore per conciliarsi un parente, un amico, un'amante, che si è in collera per mettere uno al dovere, ecc. ecc). L'errore degli psicologi è quello di prendere questi nomi quali nomi da mettere senz'altro nella classe del Sentimento, quasi che, invece di stati composti (e più veramente serie, talora formate di elementi perfino contradittori, come la gelosia), significassero fatti, quali il Piacere e Dolore, semplici e irreduttibili. Da ciò tre errori, perchè la parte intellettiva di detti stati è una ripetizione, quella sentimentale è un'altra ripetizione, e di più quella intellettiva, collocata nel Sentimento, è una falsa collocazione.

Non è bensì mancato un autore (però il solo, ch'io sappia), che cercasse di dimostrare come le Emozioni siano fatti del Sentimento specifici e irreduttibili: esso è l'americano Dottor David Irons. Io credo, per altro, di avere provato che egli non è riuscito per nulla nel suo assunto, causa le molte contraddizioni, e con la realtà e con sè stesso, in cui è caduto.

Gli psicologi seguono inconsciamente il concetto dell'Irons quando collocano gli stati composti accanto al Piacere e al Dolore; e procedono così perchè si dimenticano delle proprie analisi e di non avere mai incontrati i supposti fatti irreduttibili. La diversità, invocata dall'Irons, delle condizioni e reazioni proprie degli stati emotivi prova soltanto che ciascuno dei due fatti sentimentali può provenire da condizioni diverse; e veramente nella tanto complessa vita psichica dell'Uomo le condizioni sopratutto del Dolore sono assolutamente innumerabili. L'Irons, e forse ogni altro psicologo con lui, non ha poi inteso che la diversità delle reazioni è una semplice conseguenza di quella delle condizioni: ci vuol poco a intendere che se il denudarsi è un mezzo di reagire al caldo, non è invece un mezzo di reagire al freddo; che il grattarsi serve a far cessare il prurito, ma non già la fame ecc. ecc.; e per trattare di fenomeni più complicati, ecco una spiegazione, che mi permetto di tenere non priva d'importanza, sebbene trovata da me: Quali reazioni più diverse, anzi opposte, di quelle due chiamate Ira e Pietà? Ma sono opposte, perchè prodotte da fatti del Sentimento opposti? No davvero: osservate. Un dolore detto offesa, che non può cessare se non coll'umiliazione e magari col ferimento e coll'uccisione dell'offensore, provoca necessariamente queste reazioni, perchè le sole atte allo scopo; un dolore, invece, prodotto in noi da un dolore altrui, provoca dei modi di agire (compianto, soccorso ecc.) diretti a far cessare quest'ultimo, e perchè? Evidentemente perchè il cessare di quest'ultimo è la sola condizione per far cessare il nostro proprio dolore. Ecco provato che perfino la più estrema diversità di reazioni non proviene già da quella di supposti fatti del Sentimento, ma bensì dalla diversità delle condizioni di uno solo e stesso fatto.

Tener conto, in materia di classificazione, delle differenze di grado, quasi fossero differenze di natura, è poi un evidente errore logico, tanto che è inutile il fermarcisi: esse hanno un'importanza soltanto descrittiva e pratica.

In conclusione, i fatti o modi del Sentimento sono prodotti da condizioni diversissime, donde la necessità, che debbano dar luogo a reazioni diversissime ed essere accompagnati da diversissimi fatti intellettivi, perchè questi non possono che rappresentare appunto e le condizioni e le reazioni; ma ad onta dell'infinita varietà di questi loro concomitanti intellettivi, essi fatti si riducono ai due ammessi universalmente, semplici e irreduttibili, Piacere e Dolore.

Il più degli psicologi riconosce poi una terza classe di fatti psichici, la Volontà. Debbo dire che della sua realtà non sono finora convinto, e quindi mi accordo con quei non pochi di loro, che la riducono alle due prime classi. Sta bene quanto rileva il Prof. Guido Villa, che non sia una spiegazione l'attribuire alle rappresentazioni uno «sforzo» per vincere le altre, e un'«aspirazione» a conservarsi in vita: di vero, questo personificare le rappresentazioni e attribuir loro una coscienza è un meschino quanto palese artifizio. Ma perchè, domando, col riferire a noi stessi lo «sforzo» e l'«aspirazione», si ha da dire senz'altro, che questi sono «l'impulso della volontà, un fatto avente caratteri tutti proprii» ? Il termine stesso di «sforzo» non indica trattarsi di una riproduzione di sensazioni muscolari, e magari anche viscerali, come nel caso di uno sforzo obbiettivo? Circa poi all'altro termine di «aspirazione», è chiarissimo che non si aspira fuorchè per un desiderio o bisogno insoddisfatto, cioè per la cosidetta forma negativa del Dolore, così che non si tratta d'altro che di Sentimento. E infatti, che che pretendano il Kant e seguaci, non si dà mai una volizione, che non sia promossa dal Sentimento, sia pure lievissimo. Lo stesso dibattito fra oppositori e sostenitori dell'autonomia della Volontà basta a provare che non si riesce ad afferrare un fatto volizione altrettanto preciso e distinto quanto sono i fatti rappresentativi e quelli di Sentimento. Inoltre, poichè viene riconosciuto unanimamente, o quasi, che la Volontà non si muove, se dal Sentimento non è mossa a sua volta, è lecito domandare: a che giova questa specie di quinta ruota, e l'interporre fra il Sentimento e il movimento, cioè l'azione, questo termine tutt'altro che ben dimostrato, non solo, ma che per sè stesso, difetto gravissimo, è riconosciuto inerte?

Insomma la Volontà, al pari di un Bisogno e di un'Emozione, è un composto, che si lascia disfare, e non ha quindi un'esistenza autonoma; è un idolo, al solito, innalzato sulla base di una parola.

E ora passiamo al grande e vitale problema dei moventi all'agire. Attualmente si è formato un consenso universale circa l'impotenza dei fatti intellettivi a promuovere da sè soli un'azione, ammettendosi che, quando la promuovono, non lo fanno per virtù propria, ma perchè accompagnati dal Sentimento, che è il vero motore. Dunque i moventi non sono da cercare tra i fatti della Conoscenza, che sono essenzialmente indifferenti.

Si potrà obbiettare, che però anche essi sono antecedenti costanti e immediati dell'agire. Ma è da notare che 1° non sono antecedenti degli atti riflessi, 2° non sono antecedenti costanti nemmeno degli atti coscienti, giacchè ciascuna sensazione o immagine interviene solo in un piccolo numero di casi e manca nell'immenso numero degli altri.

Quanto poi alla Volontà, essa pure, come si è visto di sopra, è ritenuta per sè sola, inerte, giacchè ha bisogno di venire spinta, a sua volta, dai Sentimenti. Dunque tra questi soltanto possono albergare i moventi. Qui addietro ho accennato come la classe del Sentimento, quale è tuttora, e senza eccezioni, intesa, costituisca una succursale delle stalle di Augia (sia detto col dovuto rispetto), che in varie delle mie pubblicazioni io mi sono ingegnato a spazzare. Si è detto perfino (Letourneau) che le emozioni dell'uomo sono innumerabili, ma non si è mai capito e dichiarato che queste, e i Bisogni, gli Affetti, ecc. ecc, sono dei composti risolubili in fatti rappresentativi e Piacere o Dolore, di maniera che, come fatti sentimentali specifici, sono pure parole e non esistono. Ho pure detto come per conseguenza, e a parer mio, i soli fatti reali del Sentimento siano il Piacere e il Dolore. Dato che questa sia la realtà, vuol dire che i moventi ad agire sono, tutt'al più, questi due.

Ma ora dobbiamo chiederci, se sia vero che ambedue rivestano la prerogativa di moventi. L'opinione universale, o poco meno, è per l'affermativa: io, in diversi miei lavori, ho cercato di provare che il

Piacere non è, e non può essere, movente, nel pieno e solo vero significato della parola. Ecco, in breve, la mia maniera d'intendere la questione.

Se il Piacere è, come è realmente, l'effetto di un'azione, che ha fatto cessare un bisogno o desiderio ecc., non può esserne la causa: quindi la causa dell'agire non può consistere se non nel contrario e nell'assenza del Piacere, ossia nel Dolore prodotto da privazione, in quello stato chiamato bisogno o desiderio ecc. È bensì osservabile facilmente come anche la semplice rappresentazione della soddisfazione di un appetito, bisogno o desiderio, venga seguìta da Piacere, e come spessissimo tutto ciò preceda l'azione reale, onde altri potrebbe dire che il Piacere, essendo scopo di questa, deve necessariamente precederla; ma non ne segue affatto che quel Piacere sia la causa di questa azione. Perchè ne fosse causa, dovrebbe esserne antecedente immediato, il che è contrario al fatto: noi c'indugiamo nel Piacere suscitato dalla rappresentazione tanto più quanto esso è maggiore; e intanto l'azione reale è sospesa, come ne sono la più cospicua prova i casi, benchè rari, nei quali il Piacere dato dalla rappresentazione è preferito a quello, che può venir dato dall'azione reale, e questa per conseguenza non ha luogo. Quindi se al Piacere prodotto da fatti rappresentativi succede l'azione reale, ciò non si spiega se non coll'ammettere che il Piacere sia stato seguito dal suo contrario, ossia dal dolore della privazione, dal bisogno o desiderio insoddisfatto, e che è risorto, ed anzi acuito, dal contrasto susseguente alla cessazione del Piacere. Nè si dica essere questa una spiegazione puramente speculativa. Se ne ha la prova, di fatto ed evidentissima, ad ogni momento: qualunque bisogno o desiderio in tanto è soddisfatto in quanto è cessato e più o meno sostituito dal Piacere; e, non potendosi avere lo scopo di far cessare ciò che è cessato, vediamo che tale caso è seguìto dal cessare dell'azione (spenta la sete, non si beve più; avuta un'onorificenza, la non si sollecita più, ecc.). Concludendo, il Piacere è assenza di ogni ragione, lungi dall'essere causa, dell'agire.

Si dirà: Ma voi dimenticate le manifestazioni, i movimenti della gioia. Rispondo brevemente per l'angustia del tempo. Badiamo che circa tale stato si dicono anche delle baie, come quella, che si piange di gioia. Quando, ragazzo, stetti in un collegio lontano, separato 10 mesi da mia madre, ed essa venne a riprendermi, la riabbracciai piangendo amaramente, e sono ben informato che la causa era Dolore della più bell'acqua, cioè quello prodotto dai ricordi della lunga separazione. D'altra parte l'agitazione degli animali di un serraglio all'avvicinarsi del pasto, non si spiega col piacere. Possono quegli animali avere dallo stomaco vuoto il piacere della sazietà? Questo lo avranno poi dallo stomaco pieno, e allora vedremo che all'agitazione succederà la quiete. Dunque l'agitazione è effetto del contrario del Piacere, effetto del bisogno di cibo, cioè disagio, malessere, insomma Dolore, quello chiamato fame.

Ricapitolando, abbiamo dovuto negare la qualità di moventi 1° a tutti i fatti della classe Intelligenza, 2° al problematico fatto della classe Volontà, 3° nella classe Sentimento alla confusa, innumerabile moltitudine dei Bisogni, degli Affetti, delle Emozioni ecc., nonchè ad uno dei due fatti reali, ossia al Piacere. Eccoci dunque davanti ad una chiara non meno che inevitabile conseguenza, di un valore psicologico e filosofico oggi non tutto prevedibile, conseguenza oggi pochissimo nota e, quando è nota, quasi sempre derisa o rigettata con isdegno, quella cioè, che la virtù di movente risiede in un solo fatto, nel modo spiacevole del Sentimento, il cui nome caratteristico, dato ai suoi gradi notevoli, è Dolore.

Questo risultato mi ha condotto, da molti anni, a formulare la tesi seguente: Il Dolore è l'antecedente costante e immediato del movimento più o meno cosciente e volontario. Di questo fatto generale mi balenò l'intuizione 34 anni fa, quando non avevo la più lontana idea di occuparmi di Psicologia, ed ho poi elaborata lentamente la dimostrazione, perchè distratto da altri studî, tanto che le mie pubblicazioni sull'argomento si riducono a 17 articoli di Riviste. In alcuni di questi sono stato attratto, come era, del resto, naturale, ad esporre anche le soluzioni da me pensate di alcune questioni filosofiche.

Solo negli anni dopo ho trovato che nella generalizzazione su enunciata ero stato preceduto, ma ancora adesso non conosco altri predecessori che Pietro Verri e l'Ab. Genovesi. E questo non mi meraviglia nè dispiace, perchè, se altri pensatori ebbero le nostre vedute, è una prova che non sono vedute prive di qualche fondamento. Ricordo anche un passo di un'opera di Clémence Royer, in cui è detto, che il dolore è il gran motore del mondo. La tesi degli autori suddetti è caduta nell'oblio, donde non è stata tratta finora, e quasi certamente vi cadrà di nuovo, benchè da anni io la vada affermando e benchè io ne abbia di molto allargata e assodata la dimostrazione. Vi cadrà quasi di certo, anche se riunirò i miei scrittarelli in un volume e compierò quelle parti della dimostrazione, che ora sono imperfette.

E tornando appunto alla dimostrazione, si osservi che io le ho fatto fare, se non m'illudo, un gran passo, quando ho trovato un'altra generalizzazione, che finora sembra essere sfuggita ai pensatori, cioè questa: L'azione è sempre diretta a far cessare lo stato attuale. Si vuol chiamarla un ovo di Colombo? E sia, ma intanto è un ovo, che nessuno fin qui era riuscito a tener ritto, mentre per la sua importanza meritava di essere tenuto. Notisi infatti che finora si è detto e si continua a dire, che vi sono stati che cerchiamo di far cessare, e stati, che cerchiamo di conservare, venendo con ciò a dire che gli stati piacevoli producono azione al pari di quelli dolorosi; il che costituisce un'antinomia veramente inesplicabile. A me è parso di trovarne la soluzione con quanto sono per dire. Cercare significa agire allo scopo, e qui di conservare. Se vi è bisogno di agire, è perchè la cessazione dello stato piacevole è avvenuta o preveduta. Ora, sì l'uno che l'altro caso deve suscitare un modo del Sentimento (in assenza di questo mancherebbe ogni ragione di agire). Ebbene, quale modo? Non quello piacevole, che non ha luogo se non per cessazione di uno stato doloroso: dunque il modo spiacevole, ossia Dolore. Dunque non si agisce per conservare uno stato, se non allorchè la sua cessazione, reale o prevista, è seguìta dal Dolore. E così lo stato, che si dice volersi conservare, è cessato per causa della comparsa del Dolore, e si tratta, propriamente, non già di conservarlo, ma di rinnovarlo. Perciò 1° lo stato attuale, quello che produce l'azione, è caratterizzato, come gli altri stati producenti azione, da Dolore; 2° l'azione, come nel caso degli altri stati, è diretta a farlo cessare. Da ciò consegue che sempre e invariabilmente l'azione è diretta a far cessare lo stato attuale.

Al Congresso di Psicologia, tenutosi a Roma nel 1905, il Prof. Billia, udita la mia comunicazione, Il Sentimento è un «semplice aspetto»?, mi obbiettava appunto non potere l'azione essere sempre diretta a far cessare lo stato attuale, essendo unanimamente riconosciuto che vi sono stati, i quali si cerca, al contrario, di conservare. Io gli risposi con le considerazioni, all'incirca, su esposte, e parve che ne rimanessero convinti così egli come altri astanti, uno dei quali osservò che il timore della cessazione degli stati piacevoli è ciò che spinge ad agire per conservarli. Io soggiunsi, che questo appunto ho detto più volte nei miei scritti, rilevando che l'azione per conservare non può intendersi fuorchè come promossa o da desiderio (cioè bisogno, privazione) o da timore, e che ambedue tali stati sono riconosciuti universalmente come dolorosi.

Vediamo qualche schiarimento non superfluo. Un fatto è lo stesso dallo zero fino al più alto grado, perchè attraverso a tutti i gradi la sua natura è la stessa: così ad esempio il Moto e la Luce. Altrettanto perciò deve dirsi circa il Sentimento, in una teoria, nella quale non può, nè deve tenersi conto di distinzioni empiriche e del linguaggio volgare. Il Sentimento, come abbiamo visto, e sopratutto il suo modo spiacevole, il Dolore, può essere determinato da condizioni quasi infinite e perciò accompagnato da innumerevoli fatti intellettivi, tra cui quelli rappresentanti così le sue condizioni come le conseguenti reazioni necessarie a farlo cessare. Ma tutti questi fatti rappresentativi, compresi i cosidetti caratteri del Dolore fisico (e parimenti quelli del Piacere), per quanto paiano incorporati col Sentimento, non sono il Sentimento: questo è il quid posto al di là di essi, indefinibile per difetto di ogni somiglianza, privo di ogni analogia coll'Esteso, perciò indescrivibile, è il psichico per eccellenza.

Purchè, dunque, consideriamo che nè le differenze di grado, nè quelle delle condizioni, del fatto di Sentimento non possono mutare la natura di quest'ultimo, non ci maraviglieremo, nè troveremo da ridere, se qualcuno dice, come dico io, che l'andare a trovare un'amante, il mostrarsi in una passeggiata, guidando due pariglie, il correre ad un concerto, il modellare una statua, il travagliarsi intorno a un problema scientifico, sono azioni promosse dallo stesso, identico movente, per il quale un uomo, che è sotto un'operazione chirurgica, grida, e un altro per la morte di una persona amata si dispera. Invero le cinque prime azioni suddette non mirano forse a far cessare lo stato attuale? Ora, che sono quei cinque stati? Un bisogno fisiologico, la vanità insoddisfatta, un desiderio estetico, un simile desiderio, più quello della lode, infine un disagio intellettuale, spesso del pari unito al desiderio di lode: sono dunque tutti stati non piacevoli, posto che se ne cerca la cessazione, dunque sono caratterizzati dal fatto opposto al Piacere, e dicasi pure, per convenzione, Dolore negativo, ma insomma Dolore.

Una teoria, come questa, che riunisce sotto uno stesso principio i fatti in apparenza più dissomiglianti, e ne dà, quindi, ciò che filosoficamente si chiama una spiegazione, e risolve le contraddizioni e antinomie, tra le quali la Psicologia tradizionale continua a dibattersi miserevolmente; una tale teoria, dico, la quale è stata elaborata, benchè non esaurientemente, da sommi ingegni (parlo dei miei predecessori), merita qualcosa più che di venire giudicata con dei bons mots e guardata con aria di compassione. Io oppongo: si pensi prima alle vergogne della Psicologia attuale.

Non mi pare esagerato equiparare la teoria in parola, per la sua importanza psicologica, sociologica e biologica in genere, alla teoria della gravitazione rispetto ai sistemi planetarii (non dico universale, sapendosi oggidì che una gravitazione universale non esiste). Lo Spencer paragonò già alla teoria della gravitazione quella dell'Evoluzione, ma con scarso diritto, perchè nè egli nè altro evoluzionista, anzi egli meno di altri, ha saputo indicare la causa generale e suprema dell'Evoluzione. E giacchè ho ricordata questa causa, non tacerò intorno ad essa la mia maniera d'intendere. Posto che negli esseri senzienti uno solo e stesso modo del Sentimento è il movente di ogni loro atto più o meno cosciente e volontario, come è anche degli atti riflessi, tanto che fisiologi e psicologi sono tratti a supporre che le stesse funzioni oggi automatiche siano state, in origine, volontarie; e poichè le stesse modificazioni (si chiamino, se vuolsi, perfezionamenti) apportate nelle funzioni e strutture fisiche dalle funzioni psichiche sono una conseguenza di quel medesimo e unico movente, perchè questo domina anche l'azione sul pensiero; mi parrebbe chiaro abbastanza che il perfezionamento, l'adattamento, usati e abusati dagli evoluzionisti, i quali non sanno però darne la spiegazione psicologica e fondamentale, mentre in essi fanno consistere appunto l'Evoluzione, sono effetto non d'altro che del movente universale. Per parte mia dico perciò, che adattamento e perfezionamento, se non hanno per effetto una cessazione totale o parziale di dolore, unico scopo di ogni azione immaginabile, sono parole vuote di senso, e che quindi la causa unica e prima dell'evoluzione degli esseri sensitivi risiede nel loro unico movente.

Qui immagino un'accusa e obbiezione: Ma sapete che la vostra non è punto una teoria allegra? La mia risposta è, che, come tante volte fu detto, la ricerca del vero non ha lo scopo di consolare gli uomini delle loro miserie. D'altra parte si pensi che una teoria non muta in nulla le condizioni dell'esistenza: non aggiunge un bene, ma non aggiunge un male; essa ci fa soltanto vedere in un dato modo i rapporti tra i fatti. Ma non è un male, potrà dirsi, il distruggere delle illusioni? A ciò replicherei, che il desiderare d'illudersi, anzichè di appagare la ragione, è desiderio da lasciare ai bambini, e che poi anche quella di guardare in faccia il Vero è una virile e fiera compiacenza. Se gli uomini si sono consolati della perdita di altre importantissime illusioni, quali erano quelle della propria origine divina, dell'antropocentrismo, del geocentrismo, non avranno alcuna ragione di darsi alla disperazione, se verrà dimostrato che gli esseri animati sono mossi invariabilmente da quella causa, che poi non muterebbe moltissimo di frequenza e potenza, qualità da non negarlesi nemmeno oggi, se venisse riconosciuta come l'unico movente (non ne ripeto il nome per non far riudire l'abborrita parola).

Delle molte conseguenze che potrebbero trarsi da questa veduta psicologica, ne indico solo alcune e poi finisco.

Una grande, e forse la massima, parte dei patimenti da cui è travagliata l'umanità, consiste in quelli che gli uomini si cagionano reciprocamente.

I prouomini, direbbe il Morselli, non ebbero altre reazioni che di morsi, graffii, percosse, gridi o fuga, come gli animali; più tardi opposero anche atti di sommessione e il pianto; più tardi ancora parole, ora minacciose, ora umili. Così, appena vi fu un linguaggio rudimentale, questo servì ad esprimere, anche da parte dei semplici spettatori, quando l'ira e il disgusto per una sopraffazione, quando il contento per una giusta resistenza e quando il compianto per gli offesi e oppressi. Tali sentimenti, provocando nel decorso dei secoli una ininterrotta e sempre più complicata serie di operazioni mentali, hanno creati sia quei precetti pratici, che regnarono e regnano presso ogni popolo, per quanto selvaggio, sia quelle speculazioni, presso le genti civili, delle quali si compone la Morale o Etica. Dunque, poichè gli atti indifferenti e quelli produttori di solo Piacere senz'alcuna dannosa conseguenza, non furono e non sono oggetto di alcuna imposizione o di alcun divieto, si presenta da sè questa deduzione importantissima, anche se universalmente, o almeno generalmente, ignorata, che in tanto esiste la Morale in quanto esiste il Dolore.

Aggiungasi che le leggi di ogni sorta, diritto civile, criminale, politico, internazionale, non sono che deduzioni e applicazioni della Morale; di modo che ogni sorta di norme reggenti il consorzio umano, fino alle sue forme più vaste, non riceve spiegazione da altro se non dall'esistenza del dolore. Suppongasi che nessun rapporto tra gli uomini potesse più cagionare una sola sofferenza, e immediatamente la Morale e tutte quante le legislazioni sparirebbero.

Sappiamo che le concezioni mitologiche del Mondo hanno fatta discendere la Morale dal cielo e preteso che soltanto dal cielo essa fu imposta agli uomini; ma chi non ha un abito di mente mitologico, non può acconciarsi a vedute e spiegazioni così facili e primitive, e chiama spiegazioni solo le relazioni tra fatti e leggi conosciuti.

Bisogna anche esaminare, benchè di volo, la grande e insoluta questione dell'esistenza del Male, «scoglio in cui venne in tutti i tempi ad urtare l'umana intelligenza»; ed è proprio vero che ogni accostamento a siffatta questione è stato un naufragio. Tutte le soluzioni datene sono informate, legate, ad un concetto del Mondo, nè potrebbe essere diversamente; onde avviene che quelle dipendenti da concetti mitici abbiano lo stesso valore di questi. Esaminarle direttamente non importa, giacchè un gran numero di filosofi, non sapendo discostarsene, le ha riprodotte. Per ricordare un esempio celebre, quello del Leibniz, dirò che ero molto curioso di sapere come questo grande filosofo riuscisse a provare quella sua tesi famigerata che il nostro mondo sia il migliore dei mondi possibili. Perchè mi dicevo: se il nostro è il migliore ad onta della infinita congerie di mali contenutavi, è perchè gli altri mondi, quelli possibili, contengono una ancor più grande quantità di mali: posto che fosse così, non nego che sarebbe stata sapiente la scelta del meno orribile fra i mondi, sebbene si potesse lasciare anche questo nel nulla; ma quello che non capisco, è perchè in tutti dovesse già trovarsi installata l'innumerevole falange dei mali. Chi ve l'aveva impiantata? La stessa Intelligenza creatrice? Assurdo. Un'altra intelligenza? Nuovo assurdo. Conclusione: miserevole naufragio della tesi e del Leibniz. Un giorno ebbi poi la grande soddisfazione di trovare confermata la mia critica da una memoria del Prof. Adolfo Faggi, perchè vi era detto che la Teodicea del Leibniz si riassume in questo ragionamento: Il nostro è il migliore dei mondi possibili, perchè è fatto da Dio; siccome è Dio, che ha fatto il mondo, questo non può essere che il migliore tra i mondi possibili. D'innanzi a tanta profondità, ci si ferma sbalorditi! Il Leibniz ha anche detto, che i mali non sono imputabili a Dio, ma all'essenza stessa delle cose. E qui bisogna di nuovo osservare: L'essenza delle cose era forse increata e preesisteva a Dio? Assurdo. Era stata creata, ma da altri che da Dio? Nuovo assurdo.

Altro profondo argomento, che da migliaia d'anni vien ripetuto, è questo: il male fu introdotto nel mondo dal libero arbitrio. Ma la Terra prima della comparsa dell'Uomo, era per centinaia di secoli già popolata; e i mali che affliggono, in terra e in mare, dei miliardi di esistenze, quali caldo, freddo, fame, l'essere inseguiti, feriti, divorati dai nemici, non hanno certo aspettato, per comparire, la presenza dell'Uomo e del suo libero arbitrio. Quando anche sia vero, come ora sembra, che gli esseri intelligenti lavoravano la pietra fino dall'incredibile antichità dell'Oligocene, non importerebbe, poichè i mali su indicati esistettero ben prima dell'Oligocene. Quindi resta da chiedere, se fu giusto fare scontare agli animali, delle colpe altrui, non solo, ma non ancora commesse, e se vi sia giustizia nell'avere, anche in seguito, fatto loro scontare colpe non di loro, ma degli esseri forniti della cosidetta libertà del volere.

Le ragioni di codesta libertà bisogna cercarle nel dogma. Ebbene, consideriamo. Se essa libertà fu dovuta istituire ad onta della somma incalcolabile di mali, che ne sarebbe derivata, vuol dire che era un male minore, necessario ad impedirne uno maggiore. Ma allora, si chiede, perchè porre quel male maggiore che rendeva il minore necessario? A tale domanda non c'è risposta possibile. Infatti e in concreto, si vuole che la libertà fosse necessaria a determinare se l'Uomo avrebbe, o no, meritata la beatitudine in una vita futura. Ma si domanda: chi o che cosa obbligava a porre per condizione della beatitudine il merito? Si risponde: la giustizia divina. Al che replicheremo se la infinita bontà voleva davvero partecipare alle creature la beatitudine, aveva un mezzo non meno evidente che infallibile, cioè, invece della libertà, che le avrebbe fatto mancare lo scopo in infiniti casi, doveva dare la beatitudine immediatamente e senza condizione. – Ma allora dove sarebbe stata la giustizia? – Anzi il dare l'esistenza a creature immediatamente beate, quindi tutte eguali, sarebbe stata, rispetto alle stesse creature, la giustizia massima; e rispetto ad altri, si domanda se è concepibile che la Divinità, avesse da rendere conto a qualcun altro.

Chiedo scusa a quelli tra i miei ascoltatori, cui la critica ora esposta potrebbe avere urtati: essa è indispensabile a dimostrare un principio fondamentale per la Filosofia, benchè non inteso, parrebbe, nemmeno dai più grandi pensatori, cioè che non esistono ragioni del Male, e quindi il Male è ingiustificabile.

Il non avere inteso ciò proviene dall'altro inescusabile errore di non aver capito che il Male è Dolore, e niente altro, essendo evidente che qualsiasi male, se ne togliamo il dolore, sparisce.

È perciò da ammirare l'ingenuità di una tesi, che incontriamo in ogni filosofia, anche evoluzionista e positivista, quella dell'utilità del Dolore, basata su esempii di dolori, che servono ad evitarne altri. Questo genere di utilità è ben noto anche alle donnicciuole, ma non bisognava fermarsi così presto. Bisognava riflettere che, se un dolore è utile perchè evitante, quello che è semplicemente da evitare, chè non evita nulla, è inutile; e così la somma di tutti i dolori, da evitare, essendo gratuita, rende necessaria bensì, ma gratuita, anche quella dei dolori evitanti; di modo che tutta l'immensità del Dolore che grava sul mondo animato, è perfettamente inutile e gratuita. Ad esempio, si chiamino pure utili la paura e un dolore sintomatico, per evitare i nemici e una malattia, ma i nemici stessi e la malattia a che giovano? Ecc. ecc. Il rompere questa specie di cerchio incantato, da cui sembra che non abbian saputo uscire nemmeno i pensatori più spregiudicati, era, se non m'inganno, della più alta importanza.

Dall'essere il Dolore un fatto psichico, perciò irreduttibile ai fatti dell'Esteso, non solo, ma anche a quelli dell'Intelligenza, segue che esso è un fatto primo, come il Moto nell'Esteso e come le sensazioni intellettive; quindi un fatto, di cui è impossibile trovare la causa e dare una spiegazione. Esso è in Psicologia il supremo spiegatore e perciò da nulla è spiegato.

Mi sia permesso qui di ripetere una mia veduta metafisica, la quale fu giudicata dal Papini analoga a talune ipotesi cosmologiche della filosofia greca presocratica. Una volta avevo scritto: Volendo generalizzare per induzione, si può considerare che nell'universo tutti i particolari aggregati di materia, e i particolari movimenti di tali aggregati, siano un effetto del malessere provato dagli atomi nelle successive posizioni rispettive che hanno prese.

Terminerò coll'accennare che le idee su esposte hanno anche un valore pratico. Oggidì in tutti i paesi civili (maestra in ciò l'Asia da migliaia di anni) filosofi e sociologi e partiti politici e molte associazioni si preoccupano del bisogno di produrre un'umanità moralmente migliore dell'attuale, e in questi giorni appunto la Camera italiana ha discusso sulla efficacia morale dell'insegnamento religioso. Molte buone cose vennero dette, ma non la migliore, perchè si continua ad ignorarla. Che l'efficacia dei dogmi e delle sanzioni religiosi sulla condotta sia ora poca e ora nulla, ce lo dimostra la storia: il Medioevo, epoca di fede indiscussa, fu anche epoca di orribili crudeltà sociali e misfatti privati: e invece i costumi sono andati ingentilendosi man mano, nel mentre stesso che le credenze religiose andavano affievolendosi. L'efficacia è dunque altrove. Ma noi sappiamo dov'è, sapendo che non vi ha mai azione, o positiva o inibitoria, che non sia promossa da un dolore. Con ciò noi intendiamo appieno come qualsiasi deplorevole condizione sociale di cose non possa farsi cessare, se non ottenendo che negli uomini di buona volontà essa provochi dolore; e invero ciò è quanto si fa, ma inconsciamente, ogni giorno, ad esempio descrivendo nella stampa degl'infortuni, e segnalando nei Parlamenti qualche inumano effetto di leggi. A noi risulta quindi evidente che vi ha un modo solo di ottenere un'umanità moralmente migliore, quello di coltivare nelle giovani generazioni assiduamente, sistematicamente (come, si noti, non fu mai fatto), la pietà, cioè il dolore, per i patimenti altrui di qualunque sorta. Questi sono i termini esatti, psicologici, in cui deve esprimersi quella morale laica, di cui molti parlano, ma senza precisa definizione, morale che forma oggidì l'aspirazione dei veri uomini presso ogni popolo civile, e che si confonde colla parte veramente immortale e sublime della religione cristiana.